LA FOLLE
GAGEVRE,
O V
LES DIVERTISSEMENS
DE LA CONTESSE
DE PEMBROC.

CVRVATA RESVRGO

Ioan. Picart. fe.

A PARIS,
Chez AVGVSTIN COVRBE', dans la
petite Salle du Palais, à la Palme.

M. DC. LIII.
AVEC PRIVILEGE DV ROY.

A SON ALTESSE ROYALE,
MONSEIGNEVR
FRERE VNIQVE
DV ROY.

*ONSEIGNEVR,*

Si auant que i'en euſſe receu la permiſſion de la bouche de Voſtre Alteſſe Royale, quelqu'vn ſe fuſt auancé de vouloir gager qu'elle auroit agrée qu'on luy dediaſt ce petit ouurage Comique ; i'aurois creu ſans doute qu'il

EPISTRE.

auroit fait vne aussi folle gageure que celle
qui fonde mon intrigue. Quoy que la nou-
ueauté d'vn nœu si joly ait esté assez heu-
reuse pour plaire à toutes nos Dames, qu'elle
ait assez agreablement diuerty toute la Ville
& toute la Cour, & qu'on ne se soit point
lassé de vingt representations qu'on en a veuës
de suite, ou i'ay souuent veu les mesmes visages, Ie confesse que ce present est si peu de
chose quand ie viens à considerer la grandeur
de celuy à qui ie l'ose offrir, qu'il me faloit
vn commandement absolu pour m'en faire
conceuoir la hardiesse. Apres tout, MON-
SEIGNEVR, on ne vous presenteroit iamais rien si on ne cherchoit qu'à vous faire
des presens qui fussent proportionnez à la
grandeur de vostre Naissance, & on ne se
pourroit iamais former aucune idée qui vous
pust plaire, si on vouloit qu'elles eussent
du rapport aux merueilles de vostre esprit.
Il n'est point de iour qu'il ne vous eschappe

EPISTRE.

des chofes plus ingenieufes & plus galantes,
que celles que nous inuentons auec tant de
peine,& que nous puifons mefme dans les plus
fameux Autheurs. S'il m'eftoit permis de faire
vn Recueil de toutes vos galanteries , quand
ie me voudrois reftreindre à celles que nous
auons admirées dans voftre plus tendre en-
fance, ie deftruirois par elles les productions
les plus iolies , par lefquelles ie me fais quel-
quesfois confiderer dans les ruelles außi bien
que fur les theatres. Ce n'eft pas toutesfois
cette raifon , MONSEIGNEVR, qui
m'en fait priuer le monde , ce me feroit trop
de gloire d'eftre furmonté par vn fi grand
Prince , mais ie craindrois trop de bleffer fa
modeftie, & i'aurois quelque fujet de crain-
dre pour moy-mefme , que ie ne paffaffe pour
vn impofteur dans les Siecles qui ne vous au-
roient point connu, & qui ne pourroient ia-
mais s'imaginer que ie n'euffe point flatté vne
ieuueffe fi miraculeufe. Elle ne l'eft pas feule-

EPISTRE.

ment, MONSEIGNEVR, par les lumie-
res de voſtre eſprit, ie voy d'autres feux plus
vifs & plus brillans dans vos yeux, qui s'ac-
cordent bien auec toutes les predictions qui
nous marquent aſſez clairement que dans peu
de temps vous ferez vn bien plus grand eclat
par voſtre courage. Mais comme ie ne m'at-
tache aujourd'huy qu'à des choſes agreables,
& que ce qui eſt du ſerieux & de l'auenir, n'a
rien de commun auec cette matiere qui eſt toute comique & toute enjoüee ; ie ne pretens pas
icy vous loüer de vos ſolides Vertus, ny ſortir
par vn contre-temps des bornes que la galanterie m'a preſcrites. Sans vanité, MON-
SEIGNEVR, i'ay la reputation de ne gaſter
pas vn conte, & ie paſſe meſme pour eſtre l'o-
riginal de pluſieurs, dont le Roy s'eſt quelque-
fois diuerty en voſtre preſence, mais ie con-
feſſe qu'on ne m'eſcoute plus dans les Compa-
gnies, qu'en qualité de voſtre tres-humble Co-
pie quand ie me meſle de debiter, quoy que

EPISTRE.

d'affez mauuaife grace les chofes que ie vous ay oüy dire agreablement. Apres cela, *MON-SEIGNEVR*, iugez combien il m'eft important de me conferuer les entrées que vous auez la bonté de me permettre quelquesfois chez vous, où ie puis trouuer auec la plus agreable partie de ma reputation, le plus folide fondement de ma gloire. *Quand* vous fouffririez mon petit prefent, & qu'il auroit mefme le bien de vous plaire, i'aurois mille fois plus receu de vous que ie ne vous aurois donné. Lors que ie n'emprunte rien de voftre efprit, c'eft voftre prefence qui m'infpire toutes les iolies chofes que l'on croit que ie produis de moy-mefme, faites donc voftre conte. *MONSEIGNEVR*, que vous auez bonne part à l'intrigue de la Folle Gageure, & aux fourberies ingenieufes de noftre Cheualier de Fin-matois, & ne vous eftonnez pas fi ie le hazarde fur ce fondement, & l'expofe fi librement à la veuë du monde. Puis qu'il a efté

EPISTRE.

assez heureux pour vous plaire, personne n'aura la hardiesse de le chocquer, ie ne puis craindre la censure où vostre protection m'est asseurée, & on ne peut sans iniustice, condamner la temerité de celuy qui n'est hardy que par vos ordres, & qui est auec plus de respect & de veneration que personne du monde,

De Vostre A. R.

MONSEIGNEVR,

Le tres-humble, & tres-
obeïssant seruiteur,
BOIS-ROBERT,
Abbé de Chastillon.

ADVIS

ADVIS AV LECTEVR.

VOY que la gloire de l'inuention soit deuë au fameux Autheur Efpagnol d'où i'ay tiré le fujet de cette Comedie, ie pretens toutefois, fi elle merite quelque loüange, que i'y dois prendre quelque part, puifque non feulement i'en ay retranché toutes les chofes importunes & fuperfluës, qui faifoient peine à l'efprit, mais que ie penfe encore en auoir rectifié plufieurs autres qui faifoient autant de peine au iugement. S'il te plaift, Lecteur, te donner la peine de lire cette Comedie dans l'Efpagnol, fous le titre qui luy eft donné, *du plus grand impoſſible,* tu m'aduoüiras que ie n'ay pas fait vn petit effort de l'auoir en quinze iours fi proprement habillée à la Françoife, & le Frippier ne te paroiftra peut-

é

ADVIS AV LECTEVR.

estre pas moins adroit que le Tailleur. I'ay mis
la Scene à Londres qui estoit à Naples, & i'ay
creu qu'il seroit mieux sceant de gager & de
railler en liberté deuant vne Contesse de Pembroc qui entendoit raillerie, & qui auoit la reputation d'aymer la galanterie & les belles cho-
ses, que deuant vne grande Reine à qui on deuoit plus de respect, & qui ne deuoit pas permettre tant de familiarité. Tu en trouueras vne
autre chez le mesme Libraire nouuellement
imprimée, sous le titre des trois Orontes, qui
est toute de mon esprit & de ma façon, & par
elle tu iugeras, que si nous nous donnions quel-
quefois la peine d'inuenter, les Espagnols ne seroient pas les seuls maistres des belles inuen-
tions. Ie t'en promets vne dans fort peu de
temps que i'ay tirée du mesme Autheur Espa-
gnol, sous le titre de la Verité menteuse ; ie me
suis plusieurs fois estonné en la lisant, comment
les Illustres Corneilles, qui nous ont desia donné de si beaux & de si merueilleux Ouurages, &
leurs inferieurs encore que nous voyons quel-
quefois traitter des sujets si pitoyables, n'ont

ADVIS AV LECTEVR.

point ʃdeſcouuert celuy-cy ſi plein de richeſſe
& d'inuention. Ie puis dire auec verité, que le
grand Lope de Vega s'y eſt ſurmonté luy-meſme, ie ne vy iamais rien de ſi beau ny de ſi bril-
lant, mais i'oſe croire ſans beaucoup de pre-
ſomption, que ie l'ay rendu iuſte & poly, de
brut & de dereglé qu'il eſtoit, & que ſi nos
Muſes ne ſont auſſi inuentiues que les Italien-
nes & les Eſpagnoles, elles ſont au moins plus
pures & plus reglées.

NOMS DES ACTEVRS.

LA CONTESSE DE PEMBROC.

LIDAMANT, Amoureux de Diane.

TELAME, Le frere jaloux de Diane.

DIANE, Amante de Lidamant.

LISE, Suiuante de Diane.

TOMIRE, Vieux valet de Telame.

ACASTE amy de Lidamant, & Lieutenant des Gardes de la Reine.

VALERE, Amy de Telame, & Amoureux de Diane.

PHILIPIN, Valet fourbe de Lidamant.

DEVX GARDES, Qui veillent Diane.

VNE CHANTEVSE.

La Scene est à Londres.

LA FOLLE
GAGEVRE.
COMEDIE.

ACTE PREMIER.
SCENE PREMIERE.

ACASTE. VALERE.

VALERE.

Q*VOY, tantoſt la Conteſſe arriue en ces iardins?*

ACASTE.

Oüy, Valere, elle y prend le frais tous les matins
Pour diuertir l'ennuy de cette fievre lente,
Qui depuis quatre mois la mine & la tourmente.

A

VALERE.

Quoy? tant de medecins cherchez en tant de lieux
N'ont pû la deliurer de ce mal ennuyeux?

ACASTE.

Elle est au mesme estat qu'alors que vous partites.

VALERE.

Vne si grande Dame auec tant de merites,
Deuroit auoir sans doute vn destin plus heureux.

ACASTE.

De tous les beaux esprits le sien est amoureux,
Et dans leur entretien, le mal qui la possede
Plus qu'en la medecine a trouué du remede :
Pour charmer cette fiévre, elle fait discourir
Ces mignons d'Apollon qu'elle a droit de cherir,
Vous en verrez, prés d'elle vne trouppe amassée,
Si bien que sa maison est vn autre Lycée,
Où les honnestes gens de toute qualité,
Disent leurs sentimens en toute liberté;
Elle en iuge elle-mesme, & comme elle est sçauante
C. void aussi des fruits de sa veine excellente,
Et souuent quand on vient à la comparaison,
Les plus experts de l'art luy cedent par raison,
La Iustice en ces lieux regne sans jalousie.

CAGEVRE.

VALERE.

Oüy, ie fçay que fur tout elle aime la Poëfie,
Et qu'icy les plus grands de cette belle Cour
S'entretiennent de Vers, de Mufique & d'Amour.

ACASTE.

Elle entre, la voicy, courons au deuant d'elle,
Et ioignons, cher Valere, vne troupe fi belle.

VALERE.

Quelqu'vn chante, efcoutons.

SCENE DEVXIESME.

LA CONTESSE, elle fort.
Vn Muficien chanrant deuant elle.

VALERE, LIDAMANT, TELAME, ACASTE.

On chante.

SI l'on dit que la terre a pris fes beaux habits,
Que cette campagne fleurie
Eft toute d'emeraude, & toute de rubis,
C'eft fiction & menterie:

LA FOLLE

Mais on peut dire qu' Afterie
Sur fes levres fait voir des rubis animez,
Qui paffent bien fans flatterie
Tous ces trefors du Ciel dont nous fommes charmez.

LA CONTESSE.

La penfée eft iolie, en eftes vous l'autheur
Lidamant?

LIDAMANT.

Oüy, Madame, & ne fuis point menteur,
Car Londres n'a rien veu de fi beau qu' Afterie.

LA COMTESSE.

Ce debut me plaift fort, acheuez ie vous prie.

Second couplet.

Si l'on dit que l'Aurore en pleurant fur les fleurs
Qui bigarrent cette prairie,
Les peint d'vn vif email des plus riches couleurs,
C'eft fixion & menterie:
Mais on peut dire qu' Afterie
A des Rofes fur elle, & des Lys animez,
Qui paffent bien fans flatterie
Tous ces trefors du Ciel dont nous fommes charmez.

LA CONTESSE.

Certes l'inuention est belle.

TELAME.

Et des plus belles.

LIDAMANT.

On ne la peut loüer d'estre des plus nouuelles ;
Heureux qui peut charmer par de plus iolis Vers
Le plus charmant esprit qui soit en l'Vniuers.

TELAME.

Lidamant est grand maistre en ce bel art, Madame.

LIDAMANT.

Ce que vous me donnez vous est mieux dû Telame ;
I'ay composé cét air qui vous semble enjoüé
Pour loüer, & non pas pour en estre loüé ;
Madame, ordonnez-luy de dire quelque chose.

LA CONTESSE.

Ie l'en prie ; on n'a veu de son stile qu'en Prose.

TELAME.

Mes Vers ne passent pas pour estre des plus beaux,
I'ay fait des Bouts rimez, Balades & Rondeaux ;

A iij

Et de Lidamant seul i'en ay sceu la methode ;
Mais ces Ouurages là ne font plus à la mode.

LA CONTESSE.

Ils ont toufiours leur grace, Acafte n'a-t-il rien.

ACASTE.

Non, qui merite l'heur d'vn fi digne entretien,
Madame.

LA CONTESSE.

Ie fçay bien ce que vous fçauez faire.
Qui vient auecque vous ?

ACASTE.

Madame, c'eft Valere,
L'vn des plus beaux efprits qui foient en cette Cour.

LA CONTESSE.

Ah ! ie le reconnois, il eft donc de retour ?

VALERE.

Pour rendre deformais icy tous mes hommages.

TELAME.

Madame en voftre abfence a veu de vos ouurages.

VALERE.

Acafte eft mon amy qui m'aura fait valoir,
Mais apres auoir veu les vers qu'il m'a fait voir,
Ie mefprife les miens & quitte la partie.

LA CONTESSE.

Voftre vertu paroift dans cette modeftie.

LIDAMANT.

Il a le Carractere, & delicat & doux.

LA CONTESSE.

Mais enfin, de quels Vers vous entreteniez-vous?

ACASTE.

C'eft vne bagatelle, vne affez foible Stance,
Qui d'vn mary jaloux marque l'extrauagance;
Ie l'ay veu dans ces lieux qui marchoit fur mes pas.

LA CONTESSE.

Ha! i'en auray ma part, ne me refufez pas.

LA FOLLE

ACASTE.

Par tout ce jaloux m'œillade,
Par tout il me tend des laqs ;
Quand ie fais ma promenade
Ie le voy qui suit mes pas ;
Et mon pauure cœur malade
Ne peut soûpirer si bas
Derriere vne pallissade
Qu'il ne conte mes helas.
J'estois bien en humeur d'en dire dauantage,
Car i'auois descouuert cét importun visage ;
Mais sur ce mouuement Valere est suruenu
Qui m'a fait quitter prise, & l'ayant reconnu,
Madame, ie n'ay pû m'empescher de luy dire,
En quelle humeur i'estois de faire vne Satyre.

LA CONTESSE.

Bien qu' Acaste en ce genre excelle infiniment,
Nous sçauons qu'il en vse assez discrettement :
Telame, il faut enfin nous dire quelque chose.

TELAME.

Vous plaist-il qu'vne Enigme en Vers ie vous propose.

LA CONTESSE.

Volontiers ; par escrit la pourrez-vous marquer.

TELAME.

GAGEVRE.

TELAME.

Oüy, Madame.

LA CONTESSE.

On verra si l'on peut l'expliquer.

ENYGME.

Ie sers aßidument ceux dont ie suis le Maistre,
Ils sont tous mes sujets sans receuoir ma loy,
De moy, sans le sçauoir, ils ont tiré leur estre,
Ie trauaille pour eux, & ne fais rien pour moy.

I'engendre des enfans d'vne inégale mere,
Qu'il faut de viue force arracher de ses flancs,
Ils sont de tres-bas lieu, mais la grandeur du Pere,
Fait qu'en terre il n'est point de plus nobles enfans :

Du prix de ces enfans la mere est achetée,
D'où naissent les discords, les proceZ, les combats,
Ils ont vne splendeur qui par tout est vantée,
Mais où ie les produis, on n'en fait point de cas.

I'habite des Palais d'eternelle structure,
On void d'or & d'azur briller mes riches dais,
Il n'est rien de plus beau dans toute la Nature,
Ie n'y seiourne point, & ie n'en sors iamais.

B

LA FOLLE

AVX DAMES.

Deuinez qui ie suis, beautez plus que mortelles,
Vous me trouuez fort beau, mais ie ne sçay pourquoy,
Vous fuyez ma presence & m'estes si cruelles,
Vous m'aymez ; & pourtant vous vous cachez de moy.

LA CONTESSE.

Qu'en dittes vous Acaste, oyons vostre pensée.

ACASTE.

Elle est sur ces sujets assez embarrassée,
Seroit-ce point l'amour !

TELAME.

Non.

LIDAMANT.

C'est doncques le feu
C'est luy ie l'ay trouué, c'est luy-mesme.

TELAME.

Aussi peu.

LA CONTESSE.

Ie le veux voir escrire.

TELAME.

Madame ie redoute ,
Voſtre eſprit clairuoyant.

LA CONTESSE, apres auoir leu l'Enygme.

C'eſt le Soleil ſans doute.

TELAME.

Vous l'aueʒ deuiné, quel eſprit , iuſtes Dieux.

LA CONTESSE.

En verité l'ouurage eſt fort induſtrieux ,
Mais ne verrons nous rien du ſtile de Valere.

VALERE.

Il me ſied mieux icy d'admirer & me taire ,
Mais vos commandemens ſont ma regle & ma loy ,
Voicy les derniers vers que l'on a veus de moy,
C'eſt pour vne orgueilleuſe , vne beauté cruelle ,
Qui malgré ſes meſpris me void touſiours fidelle.

STANCES.

Ce feu que vous fuyeʒ , vos yeux l'ont mis au iour ,
Pouueʒ vous mal traitter vn innocent amour

B ij

LA FOLLE

A qui vous auez donné l'estre?
Mere desnaturée où va vostre rigueur,
De vouloir estouffer au milieu de mon cœur,
Vn fruict que vous auez fait naistre?

Vouloir que ie vous quitte? ha! ne l'esperez pas,
Tant que vous brillerez, de graces & d'appas,
Ie seray fidelle & sensible:
Qui souhaitte la mort d'vne fidelité,
Qui naist d'vne immortelle & cruelle beauté,
Souhaitte vne chose impossible.

LA CONTESSE.

Sa beauté n'est donc pas vne beauté mortelle,
Mais pour durer tousiours quel priuilege a-t'elle?
Vne chose impossible? hé quoy, voyons nous pas,
Que la vieillesse suit la ieunesse à grands pas,
Que le temps affamé de ses propres ouurages,
Deuore & destruit tout, iusqu'aux plus beaux visages?
Les void on pas suiets à diuers accidens?
On void flestrir le teint, on void noircir les dents,
On void ce vermillon qui sur leur bouche esclatte;
Monter iusqu'à leurs yeux qu'il teint en escarlatte,
Enfin ces cheueux d'or des galans estimez,
Sont auecque le temps en argent transformez.

VALERE.

Quand i'ayme vne beauté ie la crois immortelle,
Et tiens comme impoſſible vn changement en elle.

LA CONTESSE.

Vos vers ont de la grace, & de la majeſté,
Mais vous y fondez mal l'impoſſibilité,
Auant que le chaud vienne on peut vne heure entiere,
S'entretenir encor deſſus cette matiere,
Quelle choſe Meſſieurs, icy bas tenez vous
Pour la plus impoſſible? apres l'aduis de tous
Ie vous dirois le mien, ſi i'en eſtois capable.

ACASTE.

La queſtion Madame, eſt ſans doute agreable,
Et le temps qui nous reſte à demeurer icy,
Ne ſçauroit pas mieux eſtre employé qu'en cecy.

LA CONTESSE.

Dittes-donc voſtre aduis qui doit eſtre infaillible.

ACASTE.

La choſe que ie tiens pour la plus impoſſible,
Eſt qu'on puiſſe agréer, quelque merite exquis
Qu'ait vn fort honneſte homme, & quoy qu'il ait d'acquis,

S'il a dans sa naissance vn ascendant contraire,
Voila mon sentiment.

LA CONTESSE.

Et le vostre Valere.

VALERE.

Puisque dans ce projet ie me suis mesconté,
Voyons à mieux fonder l'impossibilité.
La chose que ie tiens pour la plus impossible,
Est qu'vne femme fiere à l'amour insensible,
Au milieu des respects puisse iamais changer,
Puisque les miens n'ont pû mon ingratte engager.

LIDAMANT.

Pour moy ce que ie treuue encor plus impossible,
Est qu'vne belle femme à l'amour insensible,
Le puisse estre aux langueurs, aux soûpirs, aux presens,
Aux vers, à la musique, aux soins des Courtisans.

TELAME.

Ie soustiens le contraire, & qu'il est impossible,
Qu'vne femme d'honneur aux presens soit sensible.

LIDAMANT, bas à la Contesse.

S'il vous plaist d'en auoir le diuertissement,
Ie pousseray la chose assez adroittement:

Car ialoux d'vne sœur qu'on estime fort belle,
I'apprens qu'il a tousiours des Argus autour d'elle.

LA CONTESSE, bas.

Oüy vous m'obligerez, & i'y prendray plaisir;
Sur ce joly sujet que ie viens de choisir,
Descouurons Lidamant toute vostre pensée,
Car par Telame enfin ie la voy trauersée.

LIDAMANT.

Ie luy sousliens Madame, & veux gager de plus,
Qu'vne femme qu'on garde, eust-elle cent Argus:
Si son cœur y consent, peut auoir des nouuelles,
De l'amant qui la sert malgré ses sentinelles,
Qu'amour en ses desseins tout seul la peut ayder,
Et qu'il est impossible enfin de la garder.

TELAME.

Voyez ce qu'il soustient, je gage le contraire.

LA CONTESSE.

Vous vous engagez là dans vne estrange affaire?

LIDAMANT.

Gagez vous tout de bon?

TELAME.

　　　　　　　　　Oüy mille Iacobus,
Que tentant ce deſſein, vous reſterez confus.

LIDAMANT.

Conſignons cét argent dans les mains de Madame.

LA CONTESSE.

Ie vous reſpons pour luy:

VALERE.

　　　　　　　Ie reſpons pour Telame.

LIDAMANT.

　Faiſons mieux, que l'argent ſoit dans vne heure icy,
Ie vay querir le mien.

TELAME.

　　　　　　　Et moy le mien auſſi,
C'eſt faire à ce beau ſexe vn trop viſible outrage,
Ie ne ſuis point ſouſmis au joug du mariage;
Vous ſçauez Lidamant, que ie n'ay qu'vne ſœur,
Que i'ayme & que ie garde auec grande douceur,
Comme elle aime l'honneur on la garde ſans peine,
Elle n'eſt grace à Dieu, ny coquette ny vaine,
Mais i'oſe dire encor quand elle la ſeroit;

　　　　　　　　　　　　　　　　　　Que

Que ie pardonnerois à qui la gagneroit,
Car i'y donne bon ordre, & ces prefens funeftes,
Qui font contre l'honneur de fi fatales peftes,
Iamais iufques chez moy ne peuuent penetrer.

LA CONTESSE.

Il n'eft point de cachette ou l'or ne puiffe entrer,
Tefmoin cette Princeffe en la tour enfermée,
Qui fut de Iupiter apres la bien aimée.

TELAME.

Cé font fables Madame, & contes inuentez
Qui ne deftruifent point les fortes veritez.

LIDAMANT.

Cela gift à la preuue.

LA CONTESSE.

Elle eft bien dangereufe.

VALERE.

Outre que de l'honneur Diane eft amoureufe,
Son frere a les yeux fins & penetrans de plus.

LIDAMANT.

La fable qui luy dit qu'on fceut tromper Argus,
En verité chez luy peut eftre conuertie.

C

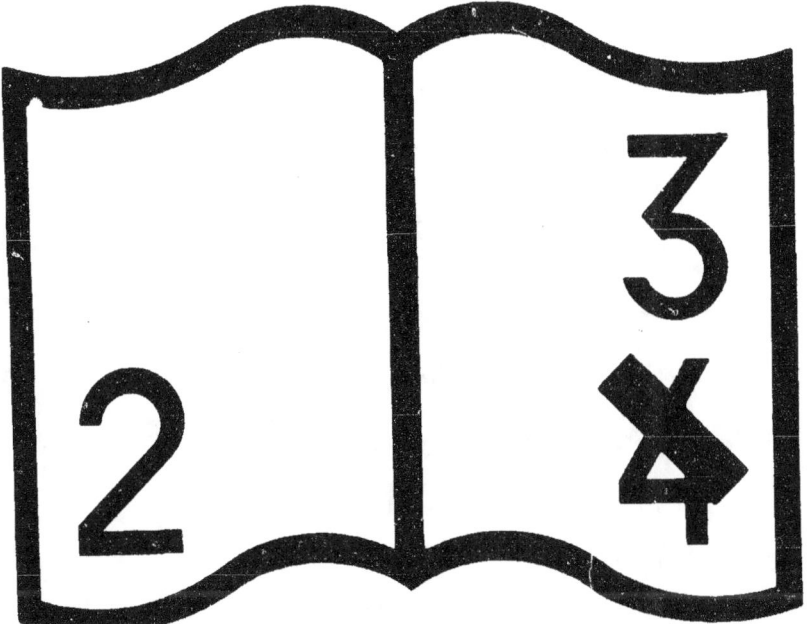

Pagination incorrecte — date incorrecte

NF Z 43-120-12

TELAME.

Ce difcours ne merite aucune repartie,
Adieu nous le verrons.

LA CONTESSE.

Il fort tout en courroux
Le chaud nous chaffe auffi, Meffieurs, retirons nous,
On peut auec plaifir acheuer la iournée,
l'ouuriray ma maifon toute l'aprefdinée.

SCENE TROISIESME.

LA CONTESSE, LIDAMANT.

LA CONTESSE.

CET efprit défiant pourroit eftre duppé.

LIDAMANT.

Si ie ne le trompois, ie ferois fort trompé.

LA CONTESSE.

Voulez, vous, Lidamant, tenter cette auanture.

LIDAMANT.

Ie l'entreprens Madame,

LA CONTESSE.

Et ie vous en coniure,
Vrayment il le merite.

LIDAMANT.

Oüy ie vous le promets.

LA CONTESSE.

Aymeriez vous sa sœur?

LIDAMANT.

Ie ne la vis jamais,
Et ce que i'entreprens c'est par galanterie.

LA CONTESSE.

Enfin faites moy part du succez ie vous prie,
Car pourueu que l'honneur n'y soit pas offencé,
Ie prendray grand plaisir à le voir trauersé.

LIDAMANT.

Enfin il aduoüra, quoy qu'il soit fort habile,
Que garder vne femme est chose difficile.

C ij

LA CONTESSE.

Enfin ie veux payer les frais que vous ferez.

LIDAMANT.

Sur l'argent consigné vous en ordonnerez.

─────────────────────

SCENE QVATRIESME.

LIDAMANT. PHILIPIN.

LIDAMANT.

I'AY besoin de ton art & de ton industrie,
Philipin.

PHILIPIN.

Vous songez à quelque fourberie,
Mon Maistre, & vous sçauez que i'en sçay le mestier.

LIDAMANT.

Oüy, i'ay besoin de toy, mais de toy tout entier.

PHILIPIN.

Si c'est sur le sujet de l'amour d'Asterie,
Trésue de compliment & de galanterie;

Elle a pris des deux mains voftre amoureux poulet,
Et refpond à vos vœux par ce petit billet.

LIDAMANT.

Elle fe rend bien-toft à qui la peu preſſée ;
. l'aime, mais au cœur i'ay quelqu'autre penſée.

PHILIPIN.

Quoy ? defia cette belle eft hors de voftre cœur,
Vous voulez vn amour entouré de rigueur ;
La roſe ne vous plaift qu'auecques ſon eſpine,
Vous meſpriſez d'abord qui vous fait bonne mine.

LIDAMANT.

Enfin d'vn autre objet ie me trouue picqué.

PHILIPIN.

Ce matin donc de moy vous vous eftes mocqué ;
Qui diable vous a pû depuis noftre entreueuë
Gagner l'ame & le cœur, & faſciner la veuë.

LIDAMANT.

Ce n'eft point par les yeux que ton maiftre s'eft pris ;
Le caprice tout ſeul regne dans mes eſpris ;
C'eft pour vne gageure & par galanterie
Que ie veux employer toute ton induftrie,

Ce n'eſt point vn effet d'amour ni d'amitié,
Enfin noſtre Conteſſe y prend part de moitié ;
Sers nous auec adreſſe , & ne quitte pas priſe ,
Si tu veux que ta part y ſoit auſſi compriſe ;
Telame t'eſt connu.

PHILIPIN.

　　　　　　Ie vous laiſſe à penſer.

LIDAMANT.

Et ſa ſœur ?

PHILIPIN.

　　　　　　Seulement pour l'auoir veu paſſer,
Quand au Temple elle va par vn vieillard guidée.

LIDAMANT.

Tu ſçais comme on la veille & comme elle eſt gardée ;
Or nous auons gagé que malgré ſes Argus
Elle auroit nos preſens , t'en faut-il dire plus ?

PHILIPIN.

Oüy, car ie veux ſçauoir s'il faut qu'on la cajole ,
Et que de voſtre part on luy porte parole.

LIDAMANT.

Oüy, toute feinte à part , parle luy de ton mieux ,
Taſche à luy faſciner le cœur comme les yeux ;

Dy luy, ſi dans ce lieu tu peux auoir entrée
Que du trait de ſes yeux mon ame eſt penetrée;
Que ſi ie puis ſçauoir qu'elle ſouffre mon feu,
I'iray droit à Telame en faire vn libre aueu,
Mais qu'auant qu'accuſer cette amour violente
Il faut qu'elle l'approuue, il faut qu'elle y conſente.
Sur tout cherche l'entrée, ou nos projets ſont vains,
Et donne luy pour vrais ces diſcours qui ſont feints.

PHILIPIN.

Auez-vous iamais veu cette ſœur de Telame.

LIDAMANT.

Peu.

PHILIPIN.

Vous pouuez gager encore auec la Dame,
Que celle-cy d'abord aura voſtre amitié,
Oüy, gagez hardiment i'en feray de moitié;
Monſieur ie vous connois, peſte qu'elle eſt iolie.

LIDAMANT.

Mais tu la trouues donc plus belle qu'Aſterie.

PHILIPIN.

Plus belle mille fois.

LIDAMANT.

Si i'en suis bien traitté
La feinte se pourra changer en verité,
Rends-là moy fauorable.

PHILIPIN.

Il faut tout au contraire,
Et qu'elle vous mal traitte, & qu'elle soit seuere;
Vn imprenable fort doit arrester vn cœur
Qui deuient insolent si-tost qu'il est vainqueur,
Qui veut entretenir vn peu vostre constance
Il y faut du mespris & de la resistance,
Quand on se rend à vous, vous vous rendrez aussi
Ie suis doncques d'aduis qu'on vous resiste icy.

LIDAMANT.

Point, tu me connois mal, ie caiole Asterie
Par diuertissement & par galanterie,
Ce n'est pas vn obiet qui me puisse engager,
Enfin?

PHILIPIN.

Enfin Monsieur vous estes bien leger;

LIDAMANT.

LIDAMANT.

Enfin fur ton efprit tout noftre efpoir fe fonde,
Eftant fourbe & rusé s'il en eft dans le monde.

PHILIPIN.

Laiffez-y moy refuer, ie veux eftre berné
Si le vieux furueillant n'eft par moy fuborné;
Si ie ne viens à bout de toute leur fineffe,
Et n'endors chien, valet, & feruante & maiftreffe,
Ie bats bien du païs, Monfieur, i'iray bien loin
Si l'argent ric à ric fe fournit au befoin,
Dans le tour de matois ie vay faire vn chef-d'œuure.

LIDAMANT.

Rien ne te manquera, mets donc la main à l'œuure.

PHILIPIN.

Et la belle au billet qui vous attend ce foir.

LIDAMANT.

Mais à propos lifons-le, il faudra l'aller voir.

Fin du premier Acte.

D

ACTE SECOND.

SCENE PREMIERE.

TELAME. TOMIRE.

TELAME.

VOILA comme la chose entre nous s'est passée.

TOMIRE.

Si i'ose librement vous dire ma pensée,
Il valoit mieux garder aujourd'huy la maison,
Que vous aller ainsi commettre sans raison,
Vous en tirerez moins de profit que de honte,
Et ne sçauriez iamais qu'en faire vn mauuais conte.
Qui diable en ce soustien vous a fait engager?
Il faut, selon mon sens, estre fou pour gager,
Il n'en peut succeder qu'vne peine euidente;
Ma foy cette gageure est bien impertinente,

Excusez la franchise, & d'vn vieux seruiteur
Qui n'a iamais esté, ni traistre ni flatteur.

TELAME.

Quoy, ce que i'ay gagé te paroist impossible,
La garde d'vne femme est-elle si penible?
Tu ne m'as pas oüy, tu ne m'as pas compris,
Que me dirois-tu plus, si i'auois entrepris
De passer l'eau de Douure à Calais sans nauire,
Ou de fendre les airs sur des aisles de cire?

TOMIRE.

Ie voudrois sur cela que vous eußiez gagé;
Monsieur, i'aurois de vous plus sainement iugé;
D'vne folle gageure vn galand se deliure,
S'il peut quand il gagea dire qu'il estoit yure:
Mais vous auez icy gagé de sens rassis.
Vous auez contre vous des tesmoins plus de six,
Et vous auez de plus cette Contesse habile,
Qui, si ie l'ay compris, a connu vostre bile,
Et vous a fait donner au piege adroittement,
Elle est de la gageure auecque Lidamant;
Oüy, oüy, n'en doutez point, & faites vostre conte
Qu'ils ont ensemblement coniuré vostre honte;
Si vous estiez mary d'vne chaste beauté,
Sur cent preuues d'amour & de fidelité

Vous auriez eu raifon de fonder la gageure,
Mais d'vne ieune fœur la garde eft bien mal feure.

TELAME.

Tomire, c'en eft fait, le fort en eft ietté,
Dieu mefme qui n'a point de pouuoir limité,
Ne peut faire aujourd'huy qu'vne chofe paßée
D'vn efprit brufque & prompt n'ait fuiuy la penfée,
Puis que ce qui s'eft fait ne fe peut reuoquer,
Gardons qu'à l'auenir on s'en puiße mocquer,
Et qu'on chante à la Cour que cette habile Dame
Diuertit fes accés aux deßens de Telame,
Puifque le mal eft fait, au lieu de le nourrir
Songeons par quels moyens on le pourra guerir,
Lidamant eft fort vain, & fçay ce qu'il peut faire.

TOMIRE.

Pourquoy foufteniez-vous contre luy le contraire,
Auant que la Conteße euft contre vous iugé?

TELAME.

C'eft qu'infenfiblement ie m'y fuis engagé.

TOMIRE.

Ie vous ay defcouuert mon cœur fans vous rien feindre,
Mais ie croy qu'aprés tout nous n'auons rien à craindre,

Diane voſtre ſœur eſt ſage au dernier point ;
C'eſt vne fille enfin dont on ne parle point,
Comme on ne la void point coquette ni ruſee,
J'eſtime que la garde en ſera bien aiſée.

TELAME.

Tomire, garde-là comme tes propres yeux.

TOMIRE.

Si vous la mariez ne feriez-vous pas mieux,
J'apprens pour s'aſſeurer de ce ſexe volage,
Que le plus ſeur remede eſt dans le mariage.

TELAME.

Oüy, nous la marirons, i'y penſe aſſez ſouuent,
Mais voyons vn party qui s'offre auparauant ;
Garde-là cependant, & ſur tout prens bien garde
Qu'elle ſoupçonne rien de cette exacte garde ;
Vy dans la défiance, aſſeure-toy de gens
Qui ſecondent encor des ſoins ſi vigilens,
Ie te la recommande, adieu, ie te coniure
D'empeſcher Lidamant de nous faire vne iniure.

TOMIRE.

Sa chambre eſt ſur la ruë.

TELAME.

Oüy, mais les grilles ſont
Que de ce coſté-là ie ne crains nul affront,

D iij

Dés que tu la verras du Soleil penetrée,
A nul autre qu'à luy ne permets plus l'entrée,
Comme ie suis certain de ta fidelité,
Ie m'en vay sans auoir l'esprit inquieté.

SCENE DEVXIESME.

TOMIRE seul.

IL a bien follement fondé cette gageure,
Car Diane apres tout est vne fille meure;
Fine, spirituelle, & qui doit se troubler
D'abord qu'elle verra sa garde redoubler,
Son esprit irrité de nostre défiance
Se pourroit bien porter à quelque extrauagance.
Enfin, vaille que vaille, en fort homme de bien
Ie feray mon deuoir, pour m'asseurer du sien
Ie m'en vay de ce pas chercher qui me seconde,
Puis qu'en mon propre nom on veut que i'en responde.
Dieux la voicy qui vient.

SCENE TROISIESME.

TOMIRE. DIANE.

DIANE.

Tomire, estes-vous là?

TOMIRE.

Oüy, Madame.

DIANE,

Hé bons Dieux ! que veut dire cela,
Sans me voir ni parler i'ay veu sortir mon frere,
Qui m'a paru chagrin plus qu'à son ordinaire ;
Vous sçauez ce qu'il a, n'en faites point le fin.

TOMIRE.

Madame, il faudroit donc que ie fusse deuin.

DIANE.

Il sort d'auecque vous, iamais il ne vous cache
Vn seul de ses secrets, qu'est-ce donc qui le fâche.

TOMIRE.

Vous sçauez, qu'on n'est pas tousiours d'esgale humeur,
Mais Dieu connoist tout seul le secret de son cœur ;

Nous nous entretenions d'vn procés qu'il neglige,
Et c'est peut-estre là le sujet qui l'afflige.

DIANE.

Point, ie sçay que les biens ne l'ont iamais touché,
Ie l'ay veu perdre au jeu sans qu'il s'en soit fâché.

TOMIRE.

Vne faueur qui naist le met peut-estre en peine,
Quelqu'autre est mieux que luy regardé de la Reine.

DIANE.

Qui?

TOMIRE.

Lidamant.

DIANE.

Il est d'vn naturel jaloux,
Et cela peut causer sans doute son courroux;
Mais quelque autre sujet que ta bouche desguise,
Monstre que tu n'as plus pour moy cette franchise,
Ces respects innocens, cette douce amitié
Dont tu m'as retranché la plus tendre moitié.
Qu'ay-je fait à Tomire, & pourquoy sa maistresse
N'a-t-elle plus de luy ces marques de tendresse?
I'ay veu que sans reserue, ainsi que sans regret,
Ta bouche de ton cœur m'ouuroit tout le secret.

Ay-je

Ay-je abusé, dy moy, de cette confidence,
Eſt-ce que i'ay perdu ma premiere innocence.
Non, non, c'eſt bien plutoſt, & i'en meurs de douleur,
Que Tomire a perdu ſa premiere chaleur :
Il pleure, ie le tiens.

TOMIRE.

                  Ha ! plûſt à Dieu, Madame,
Que voſtre œil pûſt percer iuſqu'au fonds de mon ame,
Ie ſçay qu'il y verroit les meſmes ſentimens,
Et Dieu qui les void tous, connoiſt bien ſi ie mens ;
Mais la fidelité que ie dois à mon maiſtre
M'engage, & vous ſçauez que ie ne ſuis pas traiſtre
A ſuiure malgré moy des mouuemens ialoux,
Que ſouuent ſans ſujet il conçoit contre vous.

DIANE.

Tomire, hé ! qu'ay-ie fait qui luy puiſſe déplaire,
Que m'eſt-il eſchappé qui le mette en colere,
Si ie l'auois fâché ie mourrois de regret.

TOMIRE.

Si vous me promettiez de garder le ſecret,
Mais ie crains trop, Madame, il y va de ma vie.

DIANE.

Que la clairté du iour me puiſſe eſtre rauie,
Que les Dieux contre moy iuſtement offencez,

E

TOMIRE.

Tout beau, ne iurez pas, Madame, c'est assez.
Allez, ie vous veux croire, & ie vous veux tout dire.
Ma foy la ialousie est vn cruel martyre,
Et qui de ce sot vice est vne fois tâché,
Fait bien la penitence en faisant le peché.
Tantost dans les iardins de l'illustre Contesse
Vn debat s'est émû parmy nostre ieunesse,
Et contre le soustien que faisoit Lidamant
Vostre frere a gagé fort impertinemment,
Que garder vne femme estoit chose possible;
Ce Caualier sans doute à l'amour est sensible,
Comme il vous aura veuë, il est à presumer
Qu'vn secret mouuement le porte à vous aimer,
Et vous sçauez les dons qu'il a de la Nature;
Enfin, quoy qu'il en soit, il a fait la gageure,
Et ie croy qu'auec luy la Dame est de moitié,
Qu'il peut malgré Telame auoir vostre amitié,
Et couler des presens quelque soin qu'il employe,
A faire qu'au logis personne ne vous voye.

DIANE.

Lidamant est hardy d'oser gager ainsi,
Mais mon frrere est sans doute impertinent aussi;
A quoy s'amuse-t-il, & qu'est-ce qu'il peut craindre,
Si ie n'en suis d'accord pense-t-il me contraindre?

Et croit-il, s'il ne songe à me trouuer party,
Qu'il n'en reçoiue pas enfin le démenty?

TOMIRE.

Helas i'ay trop parlé, ie connois bien Madame,

DIANE.

Va ne crains rien de moy Tomire, ie suis femme,
Mais tu verras pourtant que i'ay l'art de celer,
Ie sçauray sur ce point fort bien dissimuler;

TOMIRE.

Ma vie est en vos mains enfin ie la haZarde;

DIANE,

Es-tu le seul Argus qu'il commet à ma garde?

TOMIRE.

I'en vais chercher encor deux autres de ce pas,
Gardez vous de vous-mesme & ne me perdeZ pas,
Sur tout de Lidamant euitez les approches;
Outre que vostre frere en auroit des reproches,
Ce Caualier de grace & de charmes tout plein
Pourroit à vos despens faire encore le vain.

E ij

SCENE QVATRIESME.

DIANE seule.

IL vante son merite, & veut que ie le fuïe,
Voyez l'impertinent quelle teze il appuïe;
Il veut que ie m'en garde, & dit qu'il est l'amour,
Les delices, la gloire, & l'honneur de la Cour;
Comme on en dit du bien, par fois ie le contemple,
D'vn œil tout plein d'estime alors qu'il vient au Temple;
Mais puis qu'on en vient là, ie veux à l'aduenir
Qu'il passe de mon œil iusqu'en mon souuenir;
Ie ne sçay pas s'il m'aime & s'il m'a regardée,
Mais puis que c'est pour luy que ie me voy gardée,
Pour peu que ce hazard m'asseure de ses feux,
Mon cœur auec plaisir secondera ses vœux,
Et ie te feray voir, fol & jaloux Telame
Qu'vn plus puissant que toy dispose de mon ame.

SCENE CINQVIESME.

DIANE. LISE. PHILIPIN.

LISE.

CErtain Marchand François chargé de beaux bijous
Vous demande, Madame, & veut parler à vous.

DIANE.

Sçache de quelle part,

LISE.

De la sienne, Madame,
Il ne cherche qu'à vendre.

DIANE.

Et bien, voy si Telame
Est encore au logis.

LISE.

Madame, il est sorty,
Ie n'ay point veu Marchand qui fust mieux assorty,
De mille raretez sa cassette est remplie.

E iij

DIANE.

D'où t'a-t-il dit qu'il vient?

LISE.

Du païs d'Italie :
Que d'or, que de cristaux ?

DIANE.

Qu'il entre promptement
Tandis qu'en liberté ie respire vn moment.

bas.

LISE.

Il n'a pas vn bijou qui le cœur ne me touche,
Ie croy que tout est d'or iusqu'aux boëttes à mouche.

DIANE.

Si Tomire en sortant cét homme eust rencontré,
Iamais dedans ma chambre il ne seroit entré ;
Il s'en va reuenir suiuy de sa canaille,
Et deuant qu'il reuienne il faudra qu'il s'en aille ;
I'ay pitié de mon frere, & plaignant son erreur
Ie ne dois pas fournir matiere à sa fureur.

SCENE SIXIESME.

DIANE. LISE. PHILIPIN en Marchand.

LISE.

MAdame, le voicy.

DIANE.

Qu'auez-vous là mon maistre ?

PHILIPIN.

Ce que i'ay de plus beau vous l'allez voir parestre ;
Madame, vostre nom qui vole iusqu'aux Cieux,
M'a fait passer les mers pour venir en ces lieux
Offrir à vos beautez iustement admirées,
Ce qu'on void de plus rare aux lointaines contrées.

LISE.

Et bien, est-ce pas là debutté comme il faut ?

DIANE.

Lise, pour vn Marchand ce stile est vn peu haut.

LISE.

Il est François, Madame, & reuient d'Italie.

DIANE.

La Nation me plaist, elle est franche & polie.

LISE.

Ie l'auois creu d'abord vn de ces ramonneurs
Qui viennent du Piedmont.

PHILIPIN.

     Ce sont des affronteurs,
Des gueux qui de fatras remplissent leurs banettes;
Nous autres sommes nez sous meilleures Planettes.

LISE.

Il parle comme vn Liure, il dit d'or par ma foy,
Et ce stile éloquent ne s'addresse qu'à moy,
Ie m'en suis apperceuë en ouurant nostre porte.

DIANE.

Tais-toy folle, & voyons les raretez qu'il porte.

LISE.

Ha! Madame, admirez ce petit Cupidon,
Ie m'en vay le baiser s'il veut m'en faire don.

        DIANE.

DIANE.

Il croira s'il t'entend, que tu n'és gueres fage.

PHILIPIN.

Ce Cupidon, Madame, eſt-il à voſtre vſage?
Il eſt bien trauaillé, c'eſt vn ouurage exquis.

DIANE.

Ces douze diamans ſont-ils de fort grand prix?

PHILIPIN.

Oüy ſans doute, admirez ce chef-d'œuure de Flandre.

LISE.

Vous ne nous offrez rien quand nous en voulons vendre,
Et quand dans le beſoin nous en allons chercher
Ce qui vous couſte peu vous le vendez bien cher.

PHILIPIN.

Souffrez qu'à vos beautez iuſtement ie compare
Ces Pierres, du Soleil l'ouurage le plus rare;
Vne beauté qui s'offre attire le meſpris,
Mais quand on la recherche elle augmente ſon prix.

DIANE.

Ce Marchand n'eſt pas ſot.

F

LISE.

Admirez la rencontre.   à part.

DIANE.

Ie l'eſtime plus fin que les pierres qu'il montre,   bas.
Ie puis de cette piece ignorer les défaux,
Ces douze diamans ſeront peut-eſtre faux.

PHILIPIN.

Afin qu'on iuge mieux icy de ma franchiſe,
Ie vous veux ſans argent laiſſer ma marchandiſe ;
Diſpoſez-en, Madame, & du tout, s'il vous plaiſt,
Choiſiſſez, & ie liure, oüy me voila tout preſt.

DIANE.

Sans argent mon amy.

PHILIPIN.

Ie ne cours pas grand riſque,
Et ce qui ſera faux ie veux qu'on le confiſque.

DIANE.

Vrayment c'eſt eſtre franc.

LISE.

Iuſqu'au dernier degré.

PHILIPIN.

Enfin voyez-vous rien qui ſoit à voſtre gré ?

DIANE.

Ouurez-moy cette boëtte elle eſt bien trauaillée.

PHILIPIN.

Elle eſt de ce matin ſeulement eſmaillée.

DIANE.

Voy Liſé, on ne la peut certes aſſez priſer.

PHILIPIN.

Ne la marchandez pas, ie n'en puis diſpoſer,
Hors cela tout le reſte eſt à voſtre ſeruice.

LISE.

Madame, ce diſcours cache quelque artifice.

DIANE.

N'eſt-elle pas à vous, parlez moy ſans railler.

PHILIPIN.

Hyer on me la donna pour la faire émailler.

DIANE.

Voyons ce qu'elle cache, ha! i'en bruſle d'enuie,
Le portrait le plus beau que ie vy de ma vie.

PHILIPIN.

Si de l'original vous auiez veu les traits,
Vous diriez qu'il ſurpaſſe encor tous ſes portraits;

C'eſt le plus honneſte homme, & le plus agreable,
A qui iamais le Ciel ait eſté fauorable;
Braue, beau, liberal, galand, d'eſgale humeur,
D'vn eſprit enjoüé, mais pourtant deſia meur;
Bref, qui touſiours inſpire & l'honneur & la ioye,
Et bannit le chagrin quelque part qu'on le voye.

DIANE,

Mon amy, ie vous croy, ces grandes qualitez,
S'il eſt vray que ces traits ſoient bien repreſentez
Doiuent accompagner vne ſi bonne mine,
Mais ne ſçauez-vous point pour qui l'on le deſtine.

PHILIPIN.

Oüy, l'on a deuant moy nommé cette beauté,
Qui d'vn homme ſi rare a pris la liberté.

DIANE.

La connoiſſez-vous pas.

PHILIPIN.

Ie ne l'ay iamais veuë,
On nous la figuroit de cent graces pourueuë;
Et ce parfait Amant proteſtoit deuant moy,
Qu'il alloit luy donner cent preuues de ſa foy,
Et que malgré ſon frere il ſonderoit ſon ame,
Et ce frere me ſemble, il le nommoit Telame,

Sa maiſtreſſe Diane, & iuroit que ſes yeux
Brilloient mieux dans ſon cœur que l'autre dans les Cieux.
Mais la connoiſſez-vous.

DIANE.

Oüy, ſans doute, & ie l'aime.

PHILIPIN.

Quoy ? vous l'aimez, Madame.

DIANE.

A l'eſgal de moy-meſme.
Et vous ne pouuiez mieux vous addreſſer qu'à moy
Pour ſeruir cét Amant s'il luy promet ſa foy ;
Donnez-moy cette boëtte & i'en rendray bon conte :
Allez, vous n'en aurez ni reproche ni honte.

PHILIPIN.

Madame, ie ne puis, tout le reſte eſt à vous,
Outre que ce portrait vaut ſeul tous mes bijous :
Il faut que ie le rende.

DIANE.

Enfin ie le deſire,
Et ie le veux garder de crainte qu'il n'empire
S'il tombe en d'autres mains.

PHILIPIN.

Donc pour ce joyau pris
I'en veux auoir vn autre, & faut qu'il soit de pris.

DIANE.

Prenez ce diamant qui vaut mieux que les vostres.

PHILIPIN.

Ce gage est trop petit, Madame, il m'en faut d'autres.

DIANE.

Celuy-cy vous plaist-il.

PHILIPIN.

I'en suis tres-satisfait,
Et ce portrait peut seul payer l'autre portrait.

DIANE.

Allez, ie vous le laisse, & si ie ne m'abuse
Vous inuenterez bien encore quelque ruse
Pour reuenir icy, vous en aurez besoin
On trauaille à ma garde auec beaucoup de soin,
Et ie crains, si le Ciel ne vous est secourable,
Que vous ne trouuiez plus vn temps si fauorable.

PHILIPIN.

Madame, ie reſpons de la ruſe & du tans,
Malgré le ſoin exact de tous vos ſurueillans,
Et deuant qu'il ſoit nuit vous me verrez pareſtre,
Ie n'ay pas mal ſeruy le caprice du maiſtre.

bas.
à part.

SCENE SEPTIESME.

DIANE. LISE.

DIANE.

COnnois-tu ce portrait que tu vois ſi charmant.

LISE.

Oüy, i'en ay quelque idée, il eſt de Lidamant,
Et ie ſens bien qu'il entre en cecy du myſtere.

DIANE.

Vien, ie te diray tout, mais aprens à te taire.

Fin du ſecond Acte.

ACTE TROISIESME.

SCENE PREMIERE.

LA CONTESSE. LIDAMANT.

LIDAMANT.

E bien, qu'en dites-vous.

LA CONTESSE.

Tout va bien iusqu'icy,
Le valet est adroit, sa fourbe a reüssy,
Et de l'air qu'il s'est pris à bien seruir son maistre
I'ay pour luy de l'estime, & ie le veux connestre.

LIDAMANT.

Ce coquin deuiendroit vn peu trop glorieux,
S'il auoit eu l'honneur de paroistre à vos yeux.

LA

LA CONTESSE.

Puis qu'il a de l'esprit, sçachez qu'il en est digne.

LIDAMANT.

En effet, i'aduoüray que c'est vn fourbe insigne.

LA CONTESSE.

S'il n'auoit esté fourbe eust-il fait ce deuoir.
Hola, qu'on nous l'appelle, enfin ie le veux voir.

LIDAMANT.

Qu'on cherche Philipin, Madame le demande.

Il vient
quel
qu'vn.

LA CONTESSE.

Certes on ne peut voir vne addresse plus grande,
On ne peut admirer assez ce qu'il a fait
Qu'il a subtilement attrappé ce portrait;
Enfin i'y voy Diane assez bien imitée,
Ie iure, Lidamant, qu'on ne l'a point flattée.

LIDAMANT.

Madame, elle est donc belle, & i'ose aussi iurer,
Que celuy qui sans feinte a voulu l'asseurer
D'vne amour violente, & d'vn cruel martyre
A dit la verité qu'il ne pensoit pas dire.

G

LA CONTESSE.

Quoy vous l'aimez ?

LIDAMANT.

Ie l'aime, & fens bien que fes yeux
Regnent en fouuerains fur mon ame,

LA CONTESSE.

Tant mieux,
Sans bleffer fon honneur, en dépit de Telame
Vous pouuez l'acquerir, & puis l'auoir pour femme.

LIDAMANT.

Ha ! que mal-aifément vn cœur vrayment efpris
Se porte infolemment de la feinte au mefpris,
En adorant la fœur, puis-ie brauer le frere ?
Ne vaudroit-il pas mieux d'vn cœur humble & fincere
Luy demander Diane, & luy faire fentir
Que i'ay de mon audace vn cuifant repentir ?

LA CONTESSE.

En vain vous emploirez le refpect & la crainte,
Car il croira toufiours que ce n'eft qu'vne feinte,
Il faut puifque i'y prens intereft auec vous
L'auoir de haute lutte en dépit du jaloux,

Il faut auec honneur emporter la gageure,
Telame gagnera si ce respect vous dure ;
Peut-il pas soustenir qu'il la bien sceu garder,
S'il void qu'en suppliant vous l'alliez demander ?

LIDAMANT.

Non, car ce beau portrait qu'on ne voudra pas taire,
Et le mien en ses mains prouueront le contraire ;
C'est depuis sa gageure enfin qu'on la surpris,
Ces portraits mutuels de part & d'autre pris,
Montrent visiblement qu'en vain il la gardée,
Puisque par des presens on la persuadée,
Mais ce qui reste à faire est bien plus dangereux.

LA CONTESSE.

Mais rien n'est difficile aux esprits amoureux.

LIDAMANT.

La premiere entreprise estoit assez aisée
Auant qu'en ce logis la garde fust posée ;
Mais, Madame, à present i'ay lieu de craindre tout.

LA CONTESSE.

Vostre subtil valet en viendra bien à bout,
La chose est commencée il faut qu'on la soustienne.

G ij

LIDAMANT.

On parle à l'oreille de Lidamant.

Il eſt dans l'anti-chambre, ordonnez-vous qu'il vienne.

LA CONTESSE.

Qui doncques ?

LIDAMANT.

Philipin ;

LA CONTESSE.

Qu'il entre hardiment.

SCENE DEVXIESME.

LA CONTESSE. LIDAMANT. PHILIPIN.

LA CONTESSE.

OV prens-tu, mon amy, ce grand entendement.

PHILIPIN.

Petit de qualité, de taille & de ceruelle,
Tout ce que i'ay de grand, Madame, c'eſt le zele,
Et puiſque mon bon maiſtre à vos yeux l'a fait voir,
Il m'a recompensé par delà ſon pouuoir.

LA CONTESSE.

En cette repartie on void ta gentilleße,
Nous auons admiré tes premiers tours d'adreße;
Mais comme ton esprit s'eſtend infiniment,
Pourrois-tu chez Diane introduire vn Amant
Auſſi bien qu'vn portrait?

PHILIPIN.

La porte eſt bien fermée;
Mais comme la belle aime autant qu'elle eſt aimée
Rien ne m'eſt impoſſible, & ſi vous l'ordonnez,
Ie vous rends dans ce iour ſes gardes ſubornez.

LA CONTESSE.

Si l'execution ſe trouue en ta puiſſance,
Vingt Iacobus tout neufs feront ta recompence.

LIDAMANT.

Pour de l'argent, Madame, il entreprendra tout,
Il n'eſt difficulté dont il ne vienne à bout
D'euſt-il eſtre pendu.

LA CONTESSE.

Ce qu'il a dit ſans doute
Meritoit plus de grace, approche donc, eſcoute.

G iij

PHILIPIN.

Madame.

LA CONTESSE.

En verité vous l'auez trop pouſſé,
Va, ie ne te croy pas ſi fort intereſſé.

PHILIPIN.

Ma foy ſi ie l'eſtois comme ie le deſnie,
Ma bourſe qu'on void vuide en ſeroit mieux garnie.

LIDAMANT.

Enfin encore vn coup il en faut eſſayer.

LA CONTESSE.

Enfin c'eſt vn valet qu'on ne ſçauroit payer.

PHILIPIN à part.

Non, car depuis ſix ans on me doit tous mes gages,
Apres tous mes emplois & tous mes badinages.

LIDAMANT.

Que dis-tu?

PHILIPIN.

Que ie ſuis payé trop dignement,
Si Madame auiourd'huy m'employe vn ſeul moment.

LA CONTESSE.

Oüy, oüy, ie t'emploiray, mais encor ie te prie,
Dy moy par quelle adreſſe, & par quelle induſtrie
Tu peux faire couler ton maiſtre en ce logis.

PHILIPIN.

I'ay le ſecret d'Vrgande, & ſçay l'art de Maugis,
Madame, ie ſuis Grec, i'aurois trouué la voye
De gliſſer le cheual dans l'enceinte de Troye;
Il ne faut pas icy paroiſtre ſi ruſé,
Puiſque Diane eſcoute il n'eſt rien plus aiſé;
Mais comme on vous a dit que l'argent me commande,
Il faut que ie regarde à regler ma demande;
I'en ay beſoin, Madame, & vous pouuez penſer
Si l'on peut ſans argent quelque choſe auancer;
Mais ie veux demander les choſes en eſſence
Pour leuer tout ſoupçon & toute défiance.

LA CONTESSE.

On t'accordera tout pour venir à tes fins.

PHILIPIN.

Pourriez-vous me fournir ſix cheuaux des plus fins,
Mais i'entens des plus beaux qui ſoient dans nos contrées,
Couuerts de velours jaune, & les meſmes liurées
Pour ſix valets de pied?

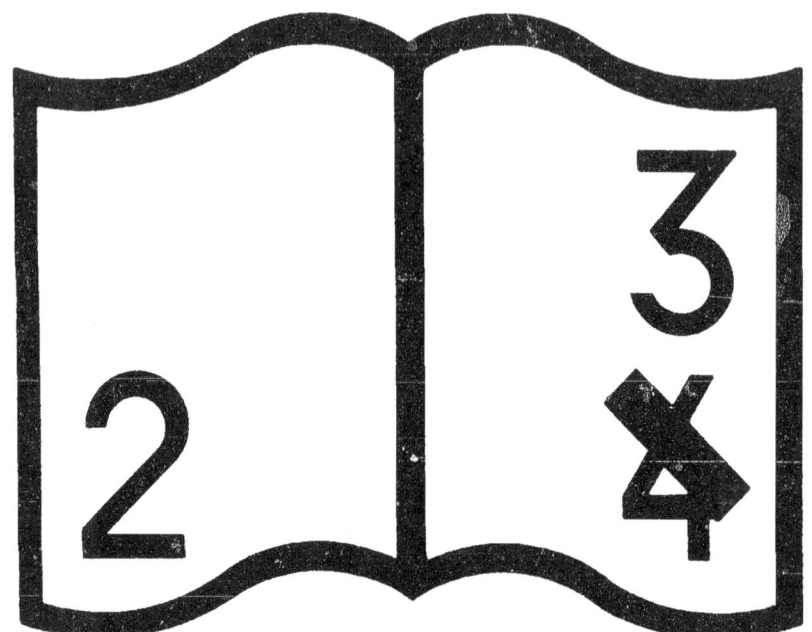

Pagination incorrecte — date incorrecte

NF Z 43-120-12

LA CONTESSE.

Ie le puis aisément.

PHILIPIN.

Mais il faudroit fournir ces chofes promptement.

LA CONTESSE.

On peut à moins d'vne heure accomplir ta demande,
Car vn Ambaſſadeur arriué de Hollande
Qui porte ces couleurs & me vient viſiter,
Quelques-vns de ſes gens me pourra bien preſter.

LIDAMANT.

Bon, car par les Tailleurs, (la choſe eſtant ſi prompte)
Nous ne trouuerions pas aiſément noſtre conte.

LA CONTESSE.

Va donc te preparer, car pour les ſix cheuaux
I'entens de les fournir, & i'en ay des plus beaux;
Eſt-ce pour le manege ou bien pour le carroſſe?

PHILIPIN.

N'importe; pouuez-vous de l'Admiral d'Eſcoſſe
Me trouuer quelque lettre, & la fournir ſoudain?

LIDA-

LIDAMANT.

I'en ay deux dans ma poche escrites de sa main.

PHILIPIN.

Bon.

LIDAMANT.

Pourquoy tout cela?

PHILIPIN.

          Ie suis vn grand faussaire,
I'entens vous introduire auec ce caractere;
Mais ie n'ay pas le temps de m'expliquer icy.

LA CONTESSE.

On te va tout fournir, & de l'argent aussi;
Car il t'en faut encor quoy que ton maistre die,
Allons tout preparer pour cette Comedie.

H

SCENE TROISIESME.

DIANE. LISE.

LISE.

TOut est perdu, Madame, hé Dieux ! qu'auez-vous fait?

DIANE.

Hé bien ! il a trouué sur mon lit ce portrait
Pense-tu qu'il nous mange?

LISE.

Ha! Madame.

DIANE.

Es-tu folle?
Lidamant aduerty de ce mal me console,
Il ne manquera pas de nous chercher secours
S'il considere bien la risque que ie cours.

LISE.

Aussi vous deuiez estre vn petit plus soigneuse.

DIANE.

Que veux-tu, c'en est fait, que ie suis mal-heureuse.

LISE.

Ce jaloux, ce brutal nous va faire enrager.

DIANE.

Sur le pauure Tomire il se va descharger,
Escoute comme il crie.

LISE.

> *Helas! ie suis perduë.*
Il m'a d'vn seul regard en passant confonduë.

DIANE.

Auant que nous rien dire il est allé gronder
Ces deux ou trois faquins commis à nous garder;
Moy pendant ce fraccas i'ay icüé de finesse,
L'onnant à mon lacquais dont ie connois l'adresse,
Vn billet, par lequel i'aduertis Lidamant
De nous sauuer icy l'honneur, & promptement.

LISE.

Que peut-il inuenter qui nous serue d'excuse.

DIANE.

Vn Amant dans sa manche a tousiours quelque ruse,
Soustiens au pis aller que venant ce matin
Du Temple, & rencontrant ce portrait en chemin
Tu l'auras ramassé.

H ij

LISE.

Penſez-vous qu'il me croye.

DIANE.

Enfin pour nous ſauuer c'eſt la meilleure voye.
Le vois-tu pas là bas dans ſa meſchante humeur
Qui fait le diable à quatre.

LISE.

Helas ! i'en meurs de peur.

SCENE QVATRIESME.

LIDAMANT. TOMIRE. DIANE & LISE
au balcon.

LIDAMANT.

A Ton iamais parlé d'vne telle imprudence,
A quoy bons tant de ſoins & tant de vigilence ?
Ha ! vous m'auez trahy Tomire aſſeurément.

TOMIRE.

Vous me deshonorez, Monſieur, ſans fondement.

TELAME.

Quoy? trouuer le portrait d'vn homme que i'abhore,
D'vn homme que ie crains & qui nous deshonore,
Paroift à ta cerueüe vn fondement leger?
Car enfin malheureux, fi i'en fçay bien iuger
Lidamant m'a duppé, i'ay perdu la gageure,
Il peut paffer luy-mefme où paffe fa peinture.

TOMIRE.

La gageure eft de luy non pas de fon portrait,
S'il auoit pû paffer ne l'auroit-il pas fait;
Vous me blâmez à tort, que pouuois-ie autre chofe
Qu'auoir comme i'ay fait tenu la porte clofe,
Pofant auec grand foin fentinelles par tout ?
Il n'eft rien dont la femme enfin ne vienne à bout ;
En vain, fi fa vertu n'eft fa garde elle mefme,
On tafche à la garder s'il eft conftant qu'elle aime.

TELAME.

Encor par quelle rufe & quelle inuention,
A-t-elle à ce galand monftré fa paffion.

TOMIRE.

Amour eft grand ouurier des pieges qui fe tendent,
Et rien n'eft impoffible à deux cœurs qui s'entendent ;

H iij

Ie vous ay dit, Monfieur, tout ce que i'en connoy,
Vous ne pouuez fçauoir ces veritez de moy,
Il faut l'interroger, il faut les fçauoir d'elle ;
Sa fuiuante eft encor vne fauffe femelle,
Vous defcouurirez tout fi vous les preffez bien.

DIANE au balcon.

Il a beau me preffer ie ne luy diray rien.

LISE.

Pendant que la fureur l'agite & le tranfporte,
Parlons luy du balcon & n'ouurons pas la porte.

TELAME.

Te voila malheureufe, en qui trop vainement
I'auois de mon honneur pofé le fondement ;
Ouure que ie te parle.

DIANE.

Hé ! que voulez-vous dire ?

TELAME.

Tu le fçais miferable, & cela doit fuffire
Icy pour te confondre, ouure.

DIANE.

Parlez d'embas.

TELAME.

Ouure fans contefter.

LISE.

Madame, n'ouurez-pas.

TELAME.

Pourquoy t'és-tu perduë impudente effrontée.

DIANE.

Mon frere, fans fujet vous m'auez mal traittée,
Les gens de fens raffis, & de fain iugement,
Parlent de leur honneur bien plus difcrettement.

TELAME.

Eft-ce ainfi que l'on m'aime & que l'on me refpecte?
Receuoir vn portrait, & d'vne main fufpecte?

DIANE.

Mon frere, ie n'ay point offencé mon deuoir,
Efcoutez fans colere, & fans vous efmouuoir,
l'ouuriray puis apres, ie n'ay pour vous confondre
Au fujet du portrait que deux mots à refpondre.

TELAME.

Hé! que me diras-tu qui foulage mon mal?

DIANE.

Si iamais du portrait i'ay veu l'original,
S'il m'a iamais parlé, que le Ciel me puniſſe.

TELAME.

Comment l'as-tu donc eu, conte nous l'artifice.

DIANE.

L'artifice eſt aisé, vous le verrez aſſez;
Liſe par modeſtie ayant les yeux baiſſez,
En reuenant du Temple a trouué dans la place
Ce portrait qui vous picque & qui vous embarraſſe,
Et l'ayant ramaſſé m'en a fait vn preſent.

TELAME.

N'eſt-ce pas là nous faire vn conte bien plaiſant.

DIANE.

Si i'auois des galans, & qu'il me fuſt loiſible
De les entretenir, comme il m'eſt impoſſible
Parmy mes ſurueillans, mon frere, croyez-moy
Que i'aurois plus de ſoin des gages de leur foy,
Si vous ne me croyez ie vous permets de croire
Tout ce qui vous plaira, mais ie vous dy l'hiſtoire;

Et

Et ie vous dy de plus , si vous me mal traittez
Que nos parens sçauront toutes vos veritez,
Vous deußiez auoir honte.

TOMIRE.

On son-
ne de la
trompe.

Ou l'oreille me trompe,
Ou quelque cry public se fait à son de trompe.

TELAME.

Escoutons.

ON CRIE.

Si quelqu'vn a trouué vn portrait dans vne boëtte d'or
émaillée de bleu, & garnie de diamans, en le rendant à celuy
qu'il represente , & qui la perdu ce matin dans la place de
Vittal, on luy donnera dix Iacobus pour le vin.

DIANE sur le balcon.

Entens-tu?

LISE.

Oüy, fort distinctement.
C'est vn trait de l'esprit du braue Lidamant.

DIANE.

T'auois-ie pas bien dit, que touché de ma plainte
Il viendroit au secours.

I

TELAME.

Ma sœur.

DIANE.

Ouure sans crainte.

LISE.

Madame.

DIANE.

Ouure te dis-je.

***

SCENE CINQVIESME.

TELAME. DIANE. LISE.

TELAME.

Elle aime trop l'honneur ;
O soupçon chimerique ! ô ridicule peur ;
Enfin ma chere sœur i'ay veu voftre innocence,
Et ie viens confeffer icy mon imprudence.

DIANE.

Quoy que vous abufiez d'vn iniufte pouuoir,
Ie ne fortiray point des bornes du deuoir ;

Tousiours esgallement vne fille bien née,
D'vn cœur ferme & constant porte sa destinée :
Ce qui plus me deplaist dans vostre procedé,
C'est que comme vn tyran vous estes regardé,
Ie voy vostre conduite en tous lieux mesprisée,
Et vous seruez par tout de fable & de risée ;
Car ie vous aime encore au milieu de mes maux,
Malgré vostre rudesse & malgre vos défaux,
Par qui cent qualitez dignes d'estre adorées,
Perdent leur plus beau lustre & sont deshonorées :
Dittes-moy ie vous prie, à quoy bon m'enfermer ?
Sçachez que si quelqu'vn m'obligeoit à l'aimer,
Malgré vos espions ie luy ferois connestre
Qu'vn cœur n'est point captif quand il ne veut pas l'estre ;
Vous pouuez à nos corps oster la liberté,
Mais on ne peut iamais forcer la volonté ;
En bizarre, en jaloux, par tout on vous contemple.

LISE.

Si vous vous mariez, voyez le bel exemple,
Vne gueuze à la fin ne voudroit pas de vous ;
Pour moy i'ay tousiours dit fy d'vn homme ialoux.

TELAME.

Lise, si tu sçauois le sujet qui m'y porte,
Tu serois la premiere à bien fermer ta porte,

I ij

Car ie te croy fidelle, & mon honneur dépend
De cette exacte garde, & du soin qu'on en prend.

LISE.

Oüy, c'est bien debuté, vous nous la baillez belle
Auecque vostre garde & vostre sentinelle;
Tantost sur ce degré ie l'ay veu qui ronflet,
Et m'en suis diuertie auec vn camouflet,
Pour monstrer qu'on pourroit éuiter ce martyre,
Et que parmy nos maux nous ne songeons qu'a rire.

SCENE SIXIESME.

TELAME. TOMIRE. DIANE. LISE.

TELAME.

HE bien ! Tomire enfin.

TOMIRE.

J'ay rendu ce portrait
Sans vouloir son argent.

TELAME.

Vous auez tres-bien fait,

Si vous en auiez, pris ie vous l'aurois fait rendre,
J'aurois lieu d'en donner bien plutoſt que d'en prendre,
Puiſque d'inquietude il nous deliure tous.

TOMIRE.

Vn Gentilhomme eſt là qui veut parler à vous,
Monſieur.

TELAME.

De quelle part.

TOMIRE.

De l' Admiral d' Eſcoſſe.
Il fait mener en main ſix cheuaux de carroſſe,
Mais beaux par excellence, & couuerts richement ;
Entrera-t-il, Monſieur.

TELAME.

Qu'il entre promptement,
On la trop fait tarder. Cét homme eſt magnifique,
Pour vn petit plaiſir voyez, comme il ſe picque
De rendre auec vſure, il eſt trop liberal.

SCENE SEPTIESME.

PHILIPIN en Escuyer. TELAME. DIANE. LISE.

PHILIPIN.

*V*Oftre Illuftre Coufin, Monfeigneur l'Admiral,
Auec ce mot de lettre icy vers vous m'enuoye.

TELAME.

Ie la reçoy, Monfieur, auec beaucoup de ioye.

PHILIPIN.

Comme Efcuyer nouueau ie vous fuis inconnu.

TELAME.

Ha! Monfieur l'Efcuyer, foyez le bien venu.

PHILIPIN.

*Pendant que vous lirez, s'il vous plaift i'iray rendre
Mes deuoirs à Madame, ayant ordre d'apprendre
L'eftat de fa fanté.*   TELAME.

                    Vous pouuez tout icy;
Oüy, Monfieur l'Efcuyer, voyez-la donc auffy.

PHILIPIN.

Le bruit de ses beautez est moindre que leur lustre.

TELAME.

Receuez l'Escuyer de ce parent illustre,
Ma sœur, il vous veut faire vne ciuilité.

PHILIPIN.

Recevez vn salut tout plein d'humilité,
Et ce present, Madame.

Il luy ouvre
vne boette.

DIANE à part.

Oüy, Lise, ie t'asseure
Que voila le Marchand de qui i'eus la peinture.

LISE.

Si ce n'est luy, Madame, il luy ressemble bien.

DIANE.

Lidamant le r'envoye, ou ie n'y connois rien.

LISE.

La maniere est subtile, & la ruse excellente.

TELAME.

Ma sœur, oyez la lettre, elle est tres-obligeante.

LA FOLLE

IL LIT.

Onfieur mon cher Coufin, Ie me fens infiniment voftre obligé des bons offices que vous m'auez rendus
auprés de la Reyne, touchant la fucceffion qui m'eft venuë
au Païs de Galles : Ie vous enuoye le Cheualier de Fin-matois
mon Efcuyer, auec fix ieunes cheuaux qu'il a efleuez, & qui
font des plus beaux qui fe trouuent dans nos montagnes d'Ef-
coffe, fi le mariage de la Reyne s'accomplit auec le frere du
Roy de France, comme il en eft grand bruit icy, ie vous en
feray chercher de plus fins pour le tournoy, & ie pretens aller honorer en perfonne vne fi grande fefte, & vous dire de
viue voix que ie fuis,

Monfieur mon cher Coufin,

Voftre tres-humble, & tres-
obligé feruiteur,
L'ADMIRAL D'ESCOSSE.

Et à l'Apoftile.

Au défaut de ma perfonne, ie vous enuoye ce Cheualier
de Fin-matois qui eft homme de condition, & mon allié,
comme il a efleué ces cheuaux, & qu'il fçait comme il les
faut gouuerner, vous le pouuez garder iufques à ce qu'il ait
inftruit voftre Efcuyer des foins que l'on en doit prendre.

TELAME.

Ma fœur, ce prefent là fent bien fon grand Seigneur,
Et ce digne parent me fait par trop d'honneur,

Pour

Pour voir ces beaux cheuaux defcendons ie vous prie,
Et nous les verrons mettre apres dans l'Efcurie,
Vous en aurez le foin quelque temps s'il vous plaift;
Hola, qu'on tienne vifte vn appartement preft:
Monfieur doit eftre las.

PHILIPIN.

Non fans ceremonie,
Ie prendray prés de vous quelque maifon garnie,
Sans vous incommoder.

TELAME.

Non ferez par ma moy,
Monfieur le Cheualier, vous logerez chez moy,

PHILIPIN.

Ie ne replique point au parent de mon maiftre.

SCENE HVICTIESME.

DIANE. LISE.

DIANE.

VOis-tu comme d'abord ie l'ay fceu reconneftre,
Ouurons la riche boëtte.

K

LISE.

Elle enferme vn efcrit,

Sans plus.

DIANE.

C'eſt vn billet, il faut voir ce qu'il dit.

Elle lit.

ADorable Diane, la rigueur iniuſte que voſtre frere con-
tinuë d'exercer opiniaſtrement contre vous, m'a obligé de rechercher cette induſtrie, pour vous faire conneſtre
l'amour veritable que i'ay pour vous, quoy qu'elle ne ſoit née
que d'vne feinte, ſi vous deſirez vous tirer d'oppreſſion, ſuiuez
les conſeils de ce valet ſubtil & fidelle, qui ſans bleſſer voſtre
honneur, trouuera le moyen de vous faire voir l'original d'vn
portrait que vous auez bien voulu ſouffrir, & croyez que pour
arriuer à cette gloire, ie hazarderay librement ma vie.

LIDAMANT.

DIANE.

Ha ! ie m'en doutois bien, oüy Liſê c'eſt luy-meſme.

LISE.

Son amour pareſt forte.

DIANE.

Hé ! penſes-tu qu'il m'aime ?

LISE.

Apres ce qu'il a fait en pouuez-vous douter?

DIANE.

S'il feint i'ay bien sujet de m'en inquieter.

LISE.

Mais l'aimez-vous, Madame.

DIANE.

          Oüy, Lise, ie l'adore.

LISE.

Quelles preuues de luy demandez-vous encore,
Voyez qu'il risque tout pour vous persuader.

DIANE.

Mais, pour tromper celuy qui veille à me garder ;
Enfin si son amour n'est rien qu'vne gageure
Veux-tu que ie la croye, & crois-tu qu'elle dure?

LISE.

Tel feint qui tout de bon apres est amoureux,
Enfin le ieu d'amour est tousiours dangereux ;
Ce Dieu fait voir enfin sa puissance absoluë,
Et ne se peut ioüer qu'aussi-tost il ne tuë.

                          K ij

SCENE NEVFIESME.

DIANE. LISE. PHILIPIN.

PHILIPIN.

ENfin on peut parler en toute liberté.

DIANE.

J'ay leu voftre billet, mais ma captiuité,
Dont vous eftes tefmoin, & qui fans doute eft grande,
Fait que ie ne luy puis accorder fa demande.

PHILIPIN.

Vous le pouuez, Madame.

DIANE.

Et comment?

PHILIPIN.

Suis-ie pas

A prefent du logis?

DIANE.

Hé bien, parlons plus bas.

PHILIPIN.

Pourueu que vous ayez vn peu de hardieſſe,
Vous verrez dans ce iour deſtranges tours d'adreſſe.

DIANE.

Mais tu m'expoſeras.

LISE.

Donnez-luy voſtre adueu:
Madame, quand on aime il faut riſquer vn peu.

DIANE.

Mon frere eſt dangereux.

PHILIPIN.

L'entrepriſe eſt poſsible.

DIANE.

Si l'on la manque auſsi, ma mort eſt infaillible.

PHILIPIN.

Auez-vous vn iardin.

DIANE.

Vous le voyez d'icy.

K iij

PHILIPIN.

Mon deſſein autant vaut a deſia reüſſy.
Ie m'en vay meſnager noſtre affaire de ſorte
Que mon maiſtre entrera.

DIANE.

Mais par où,

PHILIPIN.

Par la porte.

DIANE.

Mais Tomire iamais ne la quitte d'vn pas,

LISE.

Dy par la cheminée, & ne nous raille pas,
Outre qu'à double tour cette porte eſt fermée,
Trois gardes ſont deuant.

PHILIPIN.

Tu la verras charmée,
Va, i'entens le grimoire.

DIANE.

Enfin c'eſt ſur ta foy
Que ie hazarde tout, & s'il ne tient qu'à moy,
Pourueu que Lidamant me recherche ſans feinte,
Pour luy ma fermeté ſurmontera ma crainte.

Fin du troiſieſme Acte.

ACTE QVATRIESME.

SCENE PREMIERE..

LIDAMANT. ACASTE.

ACASTE.

 *VOY? cette feinte enfin se change en verité,*
Vous perdez tout de bon repos & liberté?

LIDAMANT.

Oüy, ie suis pris Acaste, & cette viue atteinte
Qui me perce le cœur est l'effet de ma feinte;
Amour qui par tout regne & par tout est vainqueur,
Par les yeux de Diane assujettit mon cœur;
Ses graces m'ont charmé, mais autant que ses charmes
Son procedé ciuil m'a fait rendre les armes,
Et son diuin portrait par addresse enleué
Est par des traits de feu dans mon ame graué.

ACASTE.

Puis qu'on a pris le voſtre, & qu'on vous fauoriſe,
Pourquoy vous plaignez-vous qu'amour vous tyraniſe.

LIDAMANT.

Certes ie ne ſens plus ma douleur qu'à demy,
Puiſque ie la partage auec vn cher amy;
De ſon frere ialoux ie crains l'extrauagance,
Mais dans voſtre ſecours & voſtre confidence
I'oſe tout me promettre. Ha ! voicy Philipin.

SCENE DEVXIESME.

LIDAMANT. ACASTE. PHILIPIN.

PHILIPIN.

E N vous cherchant, Monſieur, i'ay bien fait du chemin.

LIDAMANT.

Que nous apprendras-tu ?

PHILIPIN.

Merueille ſur merueille,
Que i'ay de grands ſecrets à vous dire à l'oreille.

LIDA-

LIDAMANT.

Va, va, parle tout haut, deuant luy tu le peux,
Il sçait tout mon secret, ce n'est qu'vn de nous deux.

PHILIPIN.

Sçachez qu'en presentant les cheuaux à Telame,
I'ay mis vostre billet dans les mains de la Dame.

ACASTE.

Qui la fort bien receu.

PHILIPIN.

Si bien que dés ce soir
Au logis de son frere elle espere vous voir.

LIDAMANT.

Mais comment, Philipin, cela n'est pas possible,
A moins que trouuer l'art de me rendre inuisible.

PHILIPIN.

Monsieur, ie l'ay trouué, reposez-vous sur moy.

ACASTE.

Comment à ton discours peut-on adjouster foy?

L

LA FOLLE

LIDAMANT.

Parle sans raillerie & sans extrauagance,
La chose que tu dis est-elle en ta puissance?

PHILIPIN.

Oüy ; prestez donc l'oreille, & vous sçaurez comment.
I'occuppe chez Telame vn bel appartement ;
En parent du logis tout le monde m'y traitte ;
Iugez donc si ie puis vous y donner retraitte.

LIDAMANT.

Mais la porte est gardée & la nuit & le iour.

PHILIPIN.

Vous estes bien grossiers pour des hommes de Cour,
Voyez-vous pas comment ie puis tromper les gardes ;
On me presse au logis de faire entrer mes hardes,
Puis-je donc pas choisir vn coffre des plus grands,
Et vous faire couler subtilement dedans?
Est-ce pas trouuer l'art de vous rendre inuisible?

ACASTE.

I'admire ton esprit, rien ne t'est impossible.

PHILIPIN.

Acaſte encor s'il veut ſera le crocheteur ;
Il eſt, ſans l'offencer, de taille de porteur ;
Il a l'eſchine forte, il a l'eſpaule large,
Et croy qu'il ſeroit homme à ſouſtenir la charge.

ACASTE.

Ie m'offre de grand cœur ne m'eſpargnez donc pas,
De toutes les façons ie vous offre mon bras.

LIDAMANT.

La complaiſance amy, ſeroit vn peu trop forte,
I'aime mieux aller ſeul & me paſſer d'eſcorte.

ACASTE.

Prenant vn crocheteur vous hazarderiez bien.

PHILIPIN.

Monſieur, laiſſez le faire il ne gaſtera rien ;
Et ſi quelque lourdaut alloit à l'auanture
Vous verſer dans la bouë, adieu noſtre voiture.

ACASTE.

Ne dépendons iamais d'vn yurongne ou d'vn fou.

L ij

PHILIPIN.

Non, il ne faudroit rien pour vous rompre le cou ;
Souffrez, puis qu'il le veut, qu'il vous fasse l'office.

LIDAMANT.

Auec confusion i'accepte le seruice.

SCENE TROISIESME.

DIANE. VALERE. TELAME.

DIANE.

S Ans enuoyer en ville ?

TELAME.

Oüy, ma sœur s'il vous plaist ?
Ordonnez promptement que le souper soit prest
Valere est nostre amy, c'est sans ceremonie
Comme pour l'ordinaire il nous tient compagnie,
Il se contentera de ce que nous aurons.

DIANE.

Enfin c'est de bon cœur que nous le donnerons ;
I'y vay donc donner ordre.

TELAME.

Oüy, ie vous en suplie.

SCENE QVATRIESME.

TELAME. VALERE.

VALERE.

Qve cette fille en tout me paroiſt accomplie,
Et que noſtre gageur en s'eſtant obligé
De l'auoir par addreſſe, a follement gagé.

TELAME.

I'y donne aſſez bon ordre.

VALERE.

Il ſeroit impoſſible.

TELAME.

I'en trouue cependant la garde aſſez penible,
Et quand ie ſonge bien à la peine que i'ay,
Ie voudrois de bon cœur n'auoir iamais gagé;
Ie ſens bien qu'apres tout ie n'ay rien fait qui vaille,
Et ie ne doute point que le monde n'en raille;
Vous eſtes mon amy, ne diſſimulez point,
Dittes-moy franchement voſtre aduis ſur ce point.

L. iij

Ne m'aduoüerez vous pas qu'en toutes les ruelles,
On ne s'entretient plus que de nos sentinelles,
Qu'on me traitte en tous lieux, de fascheux, de jaloux?

VALERE.

Ie l'aduouë, & ma foy, si i'estois que de vous
Puis que de la gageure on fait si grand mistere,
L'és demain au matin ie les ferois bien taire.

TELAME.

Comment?

VALERE.

      En mariant Diane, & promptement,
Ce moyen infaillible arreste Lidamant,
Fait taire le causeur qui mesdit & qui glose,
Et vous met à couuert enfin de toute chose.

TELAME.

C'est bien là ma pensée, & si i'auois trouué
Quelqu'vn par qui l'honneur me peust estre sauué,
Auec les qualitez, qui seroient necessaires,
Nous aurions en trois mots terminé nos affaires.

VALERE.

Si ie m'osois offrir, vous sçauez mes humeurs,
Vous connoissez mon bien, ma naissance & mes mœurs,
Et mon Zele de plus.

TELAME.

Quoy vous, mon cher Valere ?

VALERE.

Voyez depuis quel temps ie vous cheris en frere ;
Ma sainte amour est née auec mon amitié,
Mais mon cœur par respect en cachoit la moitié ;
Parce que i'ignorois le secret de vostre ame,
Ie n'ay i'amais osé vous descouurir ma flâme.
Maintenant que ie voy qu'en l'hymen d'vne sœur
Vous esperez trouuer & repos & douceur,
Si ma temerité ne vous paroist trop grande,
I'ose y pretendre enfin, & ie vous la demande.

TELAME.

Touchez là, vous l'aurez, oüy, oüy, n'en doutez pas.
I'en donne ma parole, elle vaut cent contracts.

VALERE.

Que ie baise ces mains, que ces genoux i'embrasse,
Pour l'heur inesperé d'vne si grande grace.

SCENE CINQVIESME.

TOMIRE. TELAME. VALERE.

TOMIRE.

L E *Cheualier là bas frape bien rudement,*
Suiuy d'vn crocheteur chargé fort peZamment;
Sans vos ordres, Monsieur, ie n'ose ouurir la porte.

TELAME.

Est-il pas du logis, c'est son fait qu'il apporte.

TOMIRE.

Le crocheteur?

TELAME.

Si tost qu'il sera deschargé
Foüillez-le adroittement, & luy donnez congé,
Il faut se défier d'vn subtil aduersaire,
A ces sortes de gens l'argent feroit tout faire.

TOMIRE.

Et la fille qui chante?

TELAME.

TELAME.

Il faut qu'elle entre aussy,
C'est pour nous diuertir que ie l'appelle icy;
Comme ie voy ma sœur assez melancolique,
I'aime à la resioüir auec cette Musique,
Prés de nostre fontaine où iusques à trois fois,
L'Echo rend les accens de cette belle voix.
Ie luy donne, aussi tost qu'elle en ouure la bouche,
Ce diuertissement que ie voy qui la touche.
Mais la voicy qui vient.

SCENE SIXIESME.

TELAME. VALERE. DIANE.

DIANE.

A ce que ie puis voir,
Mon frere, nous aurons la Musique à ce soir.

TELAME.

Oüy, ma sœur, & pour vous.

DIANE bas.

Voicy l'vnique ioye
Qu'en ma triste prison la fortune m'ennoye.

M

TELAME.

Que fait le Cheualier il n'aura pas fouppé.

DIANE.

Il vifite fon coffre il eft fort occuppé.

TELAME.

Qu'on luy garde à foupper.

DIANE.

Il eft feruy, mon frere.

TELAME.

Allons, quel iugement faites-vous de Valere?   bas à
Diane.

DIANE.

C'eft vn fort honnefte homme.

TELAME.

Il fait grand cas de vous,
Et nous en pouuons faire auiourd'huy voftre Efpoux.

DIANE.

C'eft aller vn peu vifte.

TELAME.

Oüy, ie vous le deftine.
Si vous m'aimez ma fœur, faites luy bonne mine.

SCENE SEPTIESME.

LISE. TOMIRE. LE CROCHETEVR.

TOMIRE au Crocheteur.

Q*V'as-tu fait de ton coffre, où l'auras-tu laißé?*

LE CROCHETEVR.

Dans vn coin de la chambre, il eſt fort bien placé.

TOMIRE.

Et l'on t'a bien payé?

LE CROCHETEVR.

Fort bien.

TOMIRE.

En quelle eſpece,

Voyons.

LE CROCHETEVR.

D'vn beau chelin tout neuf en vne piece.

M ij

LA FOLLE

TOMIRE le foüille.

Ta poche eſt bien garnie, as-tu rien là de dans.

LE CROCHETEVR.

Voyez, ce vieux reſueur qui vient foü.ller les gens,
On me l'auoit bien dit, qu'icy la ialouſie
Du maiſtre & des valets broüilloit la fantaiſie,
Et que l'on y craignoit les meſſagers d'Amour ;
O qu'il en eſt grand bruit dans noſtre carrefour !
Ma foy la ialouſie eſt vn mal bien terrible,
Et garder vne femme eſt choſe bien penible.
De ce grand mal dit-on, on ne ſçauroit guerir.

TOMIRE.

Vrayment c'eſt bien à toy, Maraut, à diſcourir,
Si ie prens vn baſton, ſus qu'on gagne la porte.

LE CROCHETEVR.

Ie m'en vay te coëffer des crochets que ie porte.

SCENE HVICTIESME.

LISE. LIDAMANT dans vn coffre. PHILIPIN.

PHILIPIN.

L Es voila defcendus.

LIDAMANT.

Tire moy donc d'icy.

Il fort
fa tefte
& vn
bras

PHILIPIN.

Rentrez, i'entens du bruit.

LIDAMANT.

Iuftes Dieux qu'eft-cecy?

PHILIPIN.

Ce n'eft rien.

LIDAMANT.

Sors moy donc.

Il reffort
à moitié,

PHILIPIN refermant brufquement le coffre.

Rentrez de par le diable,
Sortez, ce n'eft qu'vn rat qui couroit fur la table,
I'entens Life à la porte.

M iij

LIDAMANT.

Ouure & me fors d'icy.

LISE.

Que i'ay depuis vne heure eu pour vous de foucy ;
Mais en corps glorieux feroit-il bien poßible
Que vous eußiez paßé fans vous rendre vifible ?

LIDAMANT.

Ie t'en entretiendray tantoft tout à loifir,
Et nous fatisferons pleinement ton defir.
I'ay paßé dans ce coffre.

LISE.

O Dieux ! qui l'euft pû croire.

LIDAMANT.

Tu m'as fort bien feruy, i'ay fceu toute l'hiftoire,
Philipin m'a tout dit, reçoy ce diamant,
On ne perd rien la belle en feruant Lidamant.

LISE.

Ie ne vous ay feruy que pour voftre merite,
Auant que me payer, Monfieur, vous eftiez quitte.

LIDAMANT.

I'ay defia fait, ma fille, vn pas bien dangereux.

LISE.

Oüy, rien n'eft impoßible aux efprits genereux.

LIDAMANT.

Mais il faut voir Diane, en auray-je la ioye?

LISE.

Monfieur, vous l'allez voir fans que pas vn vous voye,
Auant qu'on ait fouppé, pendant qu'on fert le fruit,
Coulez-vous au iardin, & fuiuez-moy fans bruit,
Ie m'en vay vous montrer du doigt la palliffade
D'où vous les verrez tous, gagnez cette embufcade.

LIDAMANT.

Amour aßifte moy dans vn fi grand deffain.

LISE.

Allez, efperez tout, nous y tiendrons la main.

LIDAMANT.

Sont-ils feuls?

LISE.

Vne fille y ſouppe auec Valere.

LIDAMANT.

Mais ſi l'on me deſcouure.

LISE.

On ne le ſçauroit faire ;
Mais il faut s'abſtenir, de touſſer, de cracher,
Tenez, voila l'endroit, allez vous y cacher,
I'en vais à ma maiſtreſſe annoncer la nouuelle ;
Philipin, vien, ſuy moy, i'entens qu'on nous appelle.

PHILIPIN.

Mon pauure cœur te ſuit mieux que ne font mes pas.

LISE.

Tu te mocques.

PHILIPIN.

Non fais, ie ne me mocque pas.

LISE.

Quoy ? m'aimerois-tu bien.

PHILIPIN.

Ie ne ſçay que t'en dire,
Mais ie ſens que ton œil auec plaiſir m'attire.

LISE.

LISE.

T antoſt que tu n'eſtois que Marchand de bijoux,
Ie pouuois aſpirer à t'auoir pour Eſpoux,
Mais eſtant à preſent Eſcuyer d'Eſcurie,
Ie crains ton baudrier & ta Cheualerie,
Et Liſe la ſoubrette eſt vn mauuais gibier
Pour vn ſi venerable & ſi preux Cheualier.

PHILIPIN.

Mais raillerie à part, toute feinte banie.

LISE.

Tais-toy, ne gaſtons rien, voicy la Compagnie.

SCENE NEVFIESME.

TELAME. VALERE. DIANE. PHILIPIN. LISE. LIDAMANT. LA CHANTEVSE.

VALERE.

V *Rayment ce beau iardin eſt bien entretenu,*

TELAME.

Monſieur le Cheualier, ſoyez, le bien venu.

N

Vous n'auez point souppé, chere sœur ie vous prie,
Qu'on luy donne vn morceau dans la sommellerie.

PHILIPIN.

Ie soupperay tantost, laissez m'en le soucy.

TELAME.

Vostre coffre est venu.

PHILIPIN.

                Mes hardes sont icy.
Mais vous l'auez voulu, ie n'ay pû m'en deffendre.

TELAME.

Cette fille, ma sœur, nous fait long-temps attendre.

LA CHANTEVSE.

C'est fait, c'est que mon lut n'estoit pas bien d'accord.

TELAME.

Chantez quelque air de Cour.

LA CHANTEVSE.

                Celuy-cy plaira fort.

ELLE CHANTE.

Quand voftre foin feroit extrefme
Ie ne fçaurois vous accorder,
Si ie ne me garde moy-mefme
Qu'vn autre me puiffe garder.

TELAME.

Ie me défie icy de quelque fourberie,
Redites-moy ces Vers, fans chanter ie vous prie.

LA CHANTEVSE.

Quand voftre foin, &c.

TELAME.

Taifez-vous, ou chantez vn air qui foit plus beau.

LA CHANTEVSE.

Chacun me le demande, il eft rare & nouueau.

TELAME.

De qui le tenez-vous, d'vn autheur qui fe cache.

DIANE.

Ce trait fent Lidamant.

TELAME.

Il faut que ie le fçache.

N ij

LA FOLLE

LA CHANTEVSE.

Chez la Reine tantoſt, quelqu'vn m'en a fait don.

TELAME à part.

On l'aura ſubornée.

DIANE.

Hé quoy n'eſt-il pas bon ?

TELAME.

Les paroles, ma ſœur, en ſont impertinentes.

DIANE.

La verité s'y trouue, elles ſont excellentes ;
Car quelle tyranie & quelle authorité,
Peut d'vn cœur libre & franc forcer la volonté.

TELAME bas.

Ie ſens quelque miſtere icy qui m'eſt ſenſible,
Quoy, garder vne femme eſt donc choſe impoſſible ?

DIANE.

Et honteuſe & blaſmable à tout homme d'honneur.

TELAME.

Pour moy ie connois bien vn certain ſuborneur

Qui muguette vne Dame à son sujet gardée,
Et qu'il ne sçauroit voir, si ce n'est en idée.

DIANE.

I'en sçais vne pour moy, qui le corps enfermé
Adore de l'esprit vn Amant bien aimé,
Et qui des yeux du corps malgré la vigilence,
Des jaloux importuns le void en leur presence.

TELAME bas.

Elle a raison, Valere, vn langage si doux,
Si ie m'y connois bien ne s'addresse qu'a vous,

VALERE.

S'il est vray ie suis donc au comble de la gloire.

DIANE bas.

Echo, si ce fascheux à ce jaloux veut croire,
Dis luy qu'il a menty, ie dis la verité.

haut.

VALERE.

Peut-on voir dans le monde vn Amant mieux traitté,
Ruisseau de qui i'entens l'agreable murmure,
Va conter à Tethis cette aimable auanture.

DIANE.

Portez à mon Amant mes amoureux soûpirs,
Vous n'irez pas bien loin, doux & charmans Zephirs;

Il me void, il m'entend, & ce sombre feüillage
Aux yeux de nos jaloux ne donne aucun ombrage.

VALERE.

Amour qui m'as suiuy sous ces feüillages verts,
Fais voir mes doux transports à l'astre que ie sers.

DIANE.

Montre à mon bien-aimé mon innocente flâme ;
Amour, il void mes yeux, descouure luy mon ame.

VALERE.

Amy qui m'auez mis au rang des bien-heureux,
Ie ne puis plus cacher mes transports amoureux ;
Souffrez qu'à cœur ouuert ie les fasse conneſtre
A la diuinité qui par vous les fait naiſtre.
En termes ambigus c'eſt trop se declarer,
Parlons plus clairement.

TELAME.

Il se faut retirer,
Cher Valere il eſt tard, demain la belle Aurore
Sur vos doux entretiens vous trouueroit encore ;
Suffit qu'elle comprenne & flatte vos deſſains.

VALERE.

Ie laiſſe en m'eſloignant mon cœur entre ſes mains.

DIANE.

Moy, ie laiſſe le mien où tout mes vœux s'addreſſent.

TELAME.

Dans ces vœux obligeans deux amis s'intereſſent.
Au trauers d'vne claire & belle obſcurité,
Sçachez qu'auec plaiſir ie voy la verité.

VALERE.

Et que vous l'imprimez ſur le cœur le plus tendre.

DIANE.

Ie m'explique aſſez bien à qui me ſçait entendre.
Adieu.

TELAME.

Ie vous conduits.

VALERE.

Il n'en eſt pas beſoin.
Monſieur, ſi vous m'aimez, vous n'irez pas plus loin.

TELAME.

C'eſt par precaution, vous ſçauez qu'il m'importe
De retirer la clef quand on ferme la porte;
Et vous, ma cher ſœur, rentrez-vous pas auſſy.

DIANE.

Laissez-moy prendre encore vn peu le frais icy,
Et i'en dormiray mieux.

TELAME.

Il faut qu'on vous contente,
Et qu'on soit complaisant à qui fut complaisante;
Ma sœur veut prendre l'air, qu'on la laisse au iardin;
I'estois embarrassé ie n'en fais pas le fin.   à part.

SCENE DIXIESME.

LIDAMANT. DIANE. LISE.

DIANE.

M On cœur, guidez mes yeux parmy ces routes sombres,
Et cherchons mon Soleil errant parmy les ombres.

LIDAMANT.

Amour, guide mes pas vers l'Astre qui me luit,
I'entens l'Astre des cœurs, non l'Astre de la nuit;
Descouure-moy, Diane, & fais que sans contrainte
Ie luy descouure vn cœur qui l'adore sans feinte,

                                                Quoy

Quoy que la seule feinte ait fait en vn seul tour
Naiſtre ce violent, mais veritable Amour.

DIANE.

Fais voir à Lidamant, Amour, que ie l'eſcoute,
Et qu'approuuant ſon feu ie n'en ſuis plus en doute ;
Fais luy voir que ie l'aime en dépit des jaloux,
Puis qu'il eſt vray qu'il m'aime en qualité d'Eſpoux,
Montre vne paſſion que la ſienne a fait naiſtre.

LIDAMANT.

Ha ! Madame, ce cœur s'eſt fait aſſez conneſtre ;
Tantoſt ces mots charmans pour ma gloire auancez,
Aux yeux de mes riuaux le deſcouuroient aſſez ;
Oüy, oüy, i'ay bien connu que cét Aſtre adorable
Eſclairoit mon Amour & m'eſtoit fauorable :
A ces doux mouuemens que des yeux ie ſuiuois,
I'ay reſpondu du cœur ne l'oſant de la voix ;
Ces traits qu'vn vain riual abusé par ſa flâme,
Receuoit par l'oreille entroient dedans mon ame ;
Trois ſe croyoient par vous heureux au dernier point,
I'eſtois pourtant le ſeul qui ne m'abuſois point.

DIANE.

Puiſque mon Zele enfin a pû vous ſatisfaire,
Voyons, cher Lidamant, ce qui nous reſte à faire.

                                             O

LIDAMANT.

Songeons premierement, Madame, à nous tirer
D'vn lieu d'où nos jaloux nous peuuent esclairer.

DIANE.

Il faut bien que la nuit en autre lieu se passe,
Ce n'est pas, Lidamant, ce qui plus m'embarasse;
Comme ie vous voy sage & discret, ie sçay bien
Que contre mon honneur vous n'entreprendrez, rien;
Nous pouuons donc passer toute la nuit ensemble,
Et mesme dans ma chambre, en y pensant ie tremble;
Mais quoy que ce pas là paroisse assez glissant,
Lise n'y verra rien qui ne soit innocent,
La chambre de mon frere en est assez voisine
l'ay peur s'il nous entend, qu'il ne nous assasine;
Mais nous parlerons bas : Tout mon plus grand soucy
Est de sçauoir comment vous sortirez d'icy,
Vous sçauez, de quel air la maison est gardée,
Vne si belle vie est pour moy hazardée,
Mais en la hazardant, cher Lidamant, i'ay peur
Que vous ne hazardiez encore mon honneur,
Sauuons & l'vn & l'autre, enfin s'il est possible.

LIDAMANT.

C'est sur ce point là seul que ie reste sensible:

Ie ne crains point ma vie, & la perdant pour vous
Le trespas me seroit & glorieux & doux ;
Mais l'amour qui m'anime, & m'a pris en sa garde,
Aide ordinairement qui pour luy se hazarde ;
Iusqu'icy sans peril i'ay beaucoup hazardé,
Et ce que l'amour garde enfin est bien gardé ;
Songeons en lieu plus seur à chercher ce remede,
Mon Valet est adroit, permettez qu'il nous aide,
Il faut de grand matin le prendre à son resueil,
Luy, l'amour & la nuit, nous donneront conseil.

Fin du quatriesme Acte.

ACTE CINQVIESME.

SCENE PREMIERE.

LISE. TOMIRE. LES DEVX GARDES.

TOMIRE.

VEL caprice en ce lieu si matin vous conduit?

LISE.

Tomire, ie n'ay pû dormir toute la nuit,
Il m'a semblé de voir vn fantosme terrible
Aussi grand qu'vn Geant, mais beaucoup plus horrible,
Qui me fermoit la bouche & m'empeschoit la voix,
Ma maistresse esueillée a dit que ie resuois,
Que i'estois vne folle, & que ie m'endormisse,
Mais i'ay quitté le lict qui m'estoit vn suplice.

TOMIRE.

C'estoient illusions, & vous ne voyez rien.

LISE.

Mais ie ne dormois point, ie m'en souuiens fort bien ;
Pour montrer que ma peur n'estoit pas mal fondée,
Sortant l'esprit troublé de cette horrible idée,
En Caualier, ce diable, ou ce moine bourru,
Tout à l'heure en ce lieu m'est encore apparu.

TOMIRE.

Croyez-moy, purgez-vous de six grains d'elle-bore,
Vous en auez, besoin.

LISE.

          Ha ! ie le vois encore.
A l'aide.

      🌿🌿🌿🌿🌿🌿🌿🌿🌿🌿 🌿🌿🌿🌿🌿🌿🌿🌿🌿🌿

SCENE DEVXIESME.

LIDAMANT. TOMIRE. LISE.
LES DEVX GARDES.

I. GARDE.

Le voila ce fantosme, en effet.

II. GARDE.

Fantosme ? c'est vn homme armé d'vn pistolet,
Qui s'en vient droit à nous d'vn air tres-redoutable.

                  O iij

TOMIRE.

Ce ne peut estre vn homme, il faut qu'il soit vn diable.

LIDAMANT le pistolet à la main.

Qu'on m'ouure cette porte.

TOMIRE.

O Dieux?

LIDAMANT.

Mais promptement,
Ouurez, ou ie vous tuë.

Lida.
mant
fort.

TOMIRE.

Ouurez-luy vistement:
Iustes Dieux qu'ay-je fait, quel affront à mon maistre.
Helas! que luy diray-je? Il me va nommer traistre,
Il aura bien raison, ie deuois faire effort
Pour luy prouuer icy mon Zele par ma mort.
Le voicy, que feray-ie, & que luy dois-je dire.

SCENE TROISIESME.

TELAME. TOMIRE.

TELAME.

Q*V'eſt-cecy, quel deſordre, & qu'entens-ſe Tomire?*

TOMIRE.

Monſieur, on vous trahit indubitablement,
Voſtre honneur fait naufrage & ie ne ſçay comment ;
Quoy que de trahiſon ie ne ſois point capable,
Iamais pauvre innocent ne parut ſi coupable.

TELAME.

Parle moy ſans Enigme & ſans obſcurité ;
Qu'eſt-ce ? parle donc viſte, & dy la verité.

TOMIRE.

Tandis que de frayeur i'auois l'ame occupée,
Vn voleur s'eſt fait iour auecques ſon eſpée,
Le piſtolet au poing il nous a tous forcez ;
Le voila qui s'eſchappe, & c'eſt vous dire aſſez.

TELAME.

Icy l'obfcurité paroift encor plus forte,
Il eftoit donc chez moy puis qu'il franchit la porte ;
Il eftoit donc entré ce dangereux voleur.

TOMIRE.

Mais par où, ie l'ignore, & i'en meurs de douleur,
Mon innocence icy d'elle-mefme s'excufe ;
Non, ie n'ay pû faillir, mais pourtant ie m'accufe,
De la peur feulement qui ne m'a pas permis
D'arrefter le plus grand de tous vos ennemis ;
Ie n'ay pû refifter voyant la mort fi proche,
I'ay cedé lafchement fans preuoir le reproche,
Sans iuger qu'vn bon maiftre auroit lieu de penfer,
Que ce traiftre fans moy n'euft iamais pû paffer.

TELAME.

Mais puifque l'on gardoit toutes les auenuës,
Par quelque cheminée eft-il tombé des nuës
Qui la donc introduit, qu'entens-je, qu'eft-cecy?

TOMIRE.

Voftre fœur vous peut feule efclaircir en cecy ;
Elle & Life fans doute, ont ourdy cette trame,
Par là voyez que c'eft de garder vne femme,
Vous deuiez voftre honneur vn peu mieux mefnager,
Et iamais fur ce point vous ne deuiez gager.

SCENE

SCENE QVATRIESME.

DIANE. TELAME. TOMIRE. PHILIPIN. LISE.

TELAME.

La voicy qui sans doute aura bien l'impudence,
De desnier vn fait dont on void l'euidence.
Ha ! fille malheureuse, euft-on iamais pensé,
Que par toy mon honneur se puft voir offencé ;
Mais si tu n'as pas creu qu'on en deuft faire conte,
Tu deuois pour toy-mesme auoir vn peu de honte.
Quoy, meschante, introduire vn homme en ma maison ?

DIANE.

Par où, vous estes fol, vous perdez la raison.

TELAME.

Quand ie te laiffé feule au iardin auec Life,
Infame, tu tramas cette belle entreprise ;
Vne eschelle de corde aura pour mon malheur
Iusques dedans ton lict introduit ce voleur ;
Mais puifque ie te voy de toy-mesme ennemie,
Cette espée en ton sang noira ton infamie.

Il tire
son epée.

P

LA FOLLE

DIANE.

Ha ! courtois Cheualier, arreſtez ſa fureur,
Et m'aidez, ie vous prie à le tirer d'erreur.

PHILIPIN ſe mettant entre-deux.

Dieux à quoy ſongez vous? ne craignez rien, Madame.

TELAME.

Ie ſonge à me purger, & de honte & de blâme,
Ie ſonge à la punir d'vn crime qui la pert.

PHILIPIN.

Ie croy pour ſon honneur qu'il eſt fort à couuert.
Mais, Madame, il faudroit éuiter les reproches,
Et de tous ces muguets redouter les approches :
Vn d'entr'eux a, dit-on, meſchante intention,
Et s'eſt coulé chez vous, c'eſt-là la queſtion,
Qu'on ne s'y frotte pas, ſi i'attrape le traiſtre
Qui s'attaque à l'honneur du parent de mon maiſtre :
Par la mort, mais enfin voyons vn peu comment. Il met la main ſur la garde de ſon épée.

DIANE.

Oüy, courtois Cheualier, aſſeurez-vous qu'il ment.
C'eſt pour auoir mon bien, ie le veux ſatisfaire
En cherchant vn aʒile en quelque Monaſtere.

Sus donc sans differer qu'on m'oste de ces lieux,
Toy bourreau de ma vie oste-toy de mes yeux,
Cherchons dans ce Couuent hors de la tyranie,
Le repos asseuré qu'vn frere me desnie;
Il n'est point de trespas qui ne me fust plus doux,
Que le dur traittement d'vn frere si jaloux.

TELAME.

Oüy, va, dans vn moment tu seras satisfaitte,
Ie te vais procurer cette douce retraitte;
Le Conuent n'est pas loin, ie reuiens sur mes pas,
De grace obseruez-là, ne l'abandonnez pas,   Il parle à Philipin.
Vous aimez nostre honneur, ie vous le recommande,
I'entens qu'en mon absence au logis il commande.

SCENE CINQVIESME.

PHILIPIN. TOMIRE. DIANE. LISE.
LES DEVX GARDES.

PHILIPIN.

Tirez-vous à l'écart ie la veux consoler,
Et c'est loin des tesmoins que i'entens luy parler.

TOMIRE.

Ie m'en vais, mais craignez quelque tour de foupleſſe,
Ce ruſé Lidamant, en veut à ma maiſtreſſe.

PHILIPIN bas à Diane.

Faites, mais promptement, que Liſe ait le ſoucy
De chercher voſtre maſque & vos coiffes auſſy ;
Madame, tout nous rit, il faut que ie vous tire
Malgré vos ennemis de ce fâcheux martyre.

DIANE.

Mais comment ?

PHILIPIN.

Vous verrez ſi ce feint Eſcoſſois
Prend à faux titre icy le nom de Fin-matois.

DIANE.

Tu m'obligerois fort ſi tu le pouuois faire.

PHILIPIN.

Viſte donc.   Elle luy
                                           parle à
                                           l'oreille.

DIANE.

Liſe vn mot.

LISE.

Ie ne tarderay guere.

PHILIPIN.

Lidamant nous attend, qui d'Acaſte ſuiuy
D'vn excés de plaiſir ſera bien-toſt rauy.

DIANE.

Mais ſçais-tu bien qu'il m'aime.

PHILIPIN.

     En doutez-vous encore?
De l'air qu'il m'a parlé ie croy qu'il vous adore,
Et qu'il mourra d'ennuy, s'il ne tient dans ce iour
Comme Eſpoux, dans ſes bras ce rare objet d'amour.

DIANE.

Mais comment feras-tu pour faire ouurir la porte?

PHILIPIN.

I'ay de l'argent, Madame, & ſa puiſſance eſt forte.

LISE.

Madame, tout eſt preſt, i'apporte icy dequoy
Tromper les yeux d'vn frere, & pour vous & pour moy.

PHILIPIN.

Tandis qu'autour de nous ie ne voy point Tomire,
Duppons ces deux lourdaux, vous en allez bien rire.

       P iij

Qu'est-cecy, mes amis, iustes Dieux quel malheur;
Toutefois ie ne crains, ni larron ni voleur.

I. GARDE.

Qu'auez-vous donc, Monsieur.

PHILIPIN.

     Ma bague s'est perduë,
Mais elle me sera fidellement renduë.

LISE.

Quoy ? ce beau diamant du doigt vous est tombé.

DIANE.

Enfin ie ne croy pas qu'on vous l'ait dérobé.

PHILIPIN.

Madame, Il est d'vn prix assez considerable,
Ie l'ay laißé là haut peut-estre sur ma table
Lors que l'on m'a donné le baßin à lauer;
Ie donne vingt ducats à qui le peut trouuer:
Amy voyez là haut, & sçachez de Tomire
S'il ne l'aura point veu, ie ne sçay plus qu'en dire.

LE I. GARDE en sortant.

I'y cours.

PHILIPIN.

Ie me souuiens qu'à la porte hier au soir,
Ie me tiré le gan pour prendre mon mouchoir,
Ie l'auray perdu là ie n'en fais plus de doute,
Ouure auant que quelqu'vn marche sur cette route,
Voila deux iacobus, cherche amy, cherche bien,
C'est de ce costé là.

II. GARDE.

Monsieur, ie ne voy rien.

PHILIPIN fait signe à Diane & à Lise.

Si deuers ce recoin ta recherche n'est vaine,
Dix iacobus encor te payront de ta peine.

II. GARDE.

S'il brille, il est à nous.

PHILIPIN.

Sus gagnons ce destour.
Ie marche hardiment sous ta conduite Amour.

✜✜✜✜✜✜✜✜✜✜✜✜ ✜✜✜✜✜✜✜✜✜✜✜✜✜✜✜✜

SCENE SIXIESME.

LIDAMANT. PHILIPIN. ACASTE.
DIANE. LISE.

PHILIPIN.

I'*Apperçois Lidamant au coin de cette ruë.*

LISE.

Madame, allons à luy.

DIANE.

    Dieux que ie suis émeuë.

LISE.

Masquons-nous, & prenons nos coiffes promptement.

DIANE.

Enfin ie suis trop forte auec mon Lidamant.

LIDAMANT.

Sauue-toy, Philipin, garde qu'on ne te voye,
Ie me mets en ta place auec beaucoup de ioye,
       Malgré

Malgré vos soins exacts chimeriques jaloux,
Ma Diane est à moy, ie me mocque de vous.

DIANE.

Ha ! Lise, vois-tu pas ce fâcheux de Valere.

LISE.

Il vient de Compagnie auecques vostre frere,
Et viennent droit à nous.

DIANE.

Ha ! ie meurs de frayeur.

LIDAMANT.

Bonne mine, Madame, & n'ayons point de peur,
Ils ne sçauroient iamais deuiner qui vous estes.

SCENE SEPTIESME.

LIDAMANT. DIANE. LISE. TELAME. VALERE. ACASTE.

TELAME.

QVoy ? vous auez donc fait de nouuelles conquestes,
Et vos vœux, Lidamant, ne visent plus a nous.

Q

LIDAMANT.

De ces Dames encor n'eftes vous point jaloux ?
M'enuiez-vous cèt heur & ce bien.

TELAME.

Au contraire,
Ie vous offre mon bras & celuy de Valere,
Pour vous mieux affeurer cette poffeßion.

LIDAMANT.

Meßieurs, ie vous rends grace auec affection.

TELAME.

Ioüiffez du bonheur que le Ciel vous enuoye,
Et croyez qu'en amy i. prens part à la ioye ;
Mais pour noftre gag ure en viendrez-vous à bout ?

LIDAMANT.

La Reine en iugera quand elle fçaura tout.

TELAME bas.

Ha! c'eftoit luy fans doute, & cette peur m'afflige.
Ha ! Valere.

VALERE bas.

Vos gens eftoient yures vous difie.

LIDAMANT.

Adieu Meſſieurs.

TELAME.

Adieu.

LIDAMANT bas.

Coulons-nous promptement.

DIANE bas.

Mais où me menez-vous ?

LIDAMANT.

Dans vn appartement.
Que vous a fait chez elle ajuſter la Conteſſe.

DIANE.

Ie ſuis bien obligée à cette illuſtre hoſteſſe.

SCENE HVICTIESME.

TELAME. VALERE.

TELAME.

Q*Voy que vous puiſſiez dire, ils l'ont tous veu ſortir.*

VALERE.

C'eſt qu'on les a gagnez pour les faire mentir ;

Q ij

LA FOLLE

Pour vous mettre en ceruelle, & pour vous faire croire
Que ce hardy gageur a gagné la victoire,
Quoy qu'on vous ait pû dire, enfin n'en croyez rien,
Ie respons de Diane & ie la connois bien,
Vous me l'auez promise & tiens la chose faitte,
Ie ne consentiray iamais à sa retraitte.

TELAME.

Quoy? tout ce qu'on m'a dit ne vous fait point de peur.

VALERE.

Ce n'est qu'vne chimere, vn songe, vne vapeur,
Qui dans vn ceruëau creux peut trouuer quelque place,
Mais Telame à le croire a fort mauuaise grace,
Et si ie l'auois creu follement comme vous,
J'irois prendre vne loge à l'hospital des foux,
Tirans les vers du nez à ces coquins, ie gage
Que nous descouurirons tout ce beau tripotage.

TELAME.

Tomire vient à nous.

VALERE.

Croyez, l'interrogeant,
Que ie sentiray bien s'il a pris de l'argent.

SCENE NEVFIESME.

TELAME. TOMIRE. VALERE.

VALERE.

IL paroiſt interdit.

TELAME.

Qui vous a meu, Tomire,
De quitter ma maiſon, qu'auez-vous à me dire?

TOMIRE.

Que malgré tout mes ſoins voſtre volage ſœur,
S'eſt enfin dérobée auec ſon rauiſſeur.

TELAME.

Quoy, perfide, à tes yeux, & tu l'as laißé faire.

TOMIRE.

A vos ordres, Monſieur, on a deu ſatisfaire;
Ce Cheualier de baſle en vſant de ſes droits,
D'effet mieux que de nom, a paru Fin-matois.

Q iij

VALERE.

Ie m'eſtois bien touſiours deffié de ce titre,
Et iugeois à ſon air qu'il n'eſtoit qu'vn belitre.

TELAME.

Quoy donc, cét Eſcuyer n'eſt pas à l'Admiral.

TOMIRE.

Croyez que c'eſt vn fourbe autheur de tout le mal,
Il eſt à Lidamant, on la veu dans ſa ſuitte,
Ie l'apprens par ſon coffre ainſi que par ſa fuitte,
Ie n'ay rien veu dedans le trouuant tout ouuert,
C'eſt de là qu'eſt ſorty le traiſtre qui nous pert.

VALERE.

Les fourbes du coquin me ſont aſſez connuës.

TELAME.

Amy, ie croy reſuer, ie croy tomber des nuës.

TOMIRE.

Ie vous l'auois bien dit, & vous deuiez iuger,
Qu'on ne pouuoit iamais plus follement gager.

TELAME.

Ie pers vne gageure & vous vne maiſtreſſe,
Ils ont pourtant beſoin encor de leur addreſſe;

Ils ont eu bon esprit en desbauchant ma sœur,
Nous verrons s'ils auront tantost aussi bon cœur.

VALERE.

Amy, ie m'offre à vous pour vanger vostre iniure,
Mais nous serons raillez apres cette gageure?

TELAME.

Quoy, malgré vous, Valere, on prendra vostre bien?

VALERE.

Si ce n'est que pour moy, ie n'y pretens plus rien,
Ie ne veux point d'vn corps dont on possede l'ame,
Mais ie veux embrasser l'interest de Telame.
Acaste vient à nous suiuy d'vn hocqueton,
Et ie comprens desia ce que veut ce baston,
Comme il est Lieutenant des gardes de la Reine,
Ie deuine aisément le sujet qui l'ameine.

SCENE DIXIESME.

TELAME. ACASTE. VALERE.

ACASTE.

I'Ay receu l'ordre exprés de ne vous plus quitter,
Messieurs.

TELAME.

Quand vous auriez celuy de m'arrester ;
Croit-on que sans honneur ie puisse encore viure ?

ACASTE.

Enfin sa Majesté vous enjoint de me suiure.

TELAME.

Où nous conduisez-vous.

ACASTE.

A trente pas d'icy.

VALERE.

I'obeïs sans replique,

TELAME.

Et i'obeïs aussi.

SCENE

SCENE DIXIESME.

LA CONTESSE DE PEMBROC.
DIANE. LIDAMANT. LISE.

LA CONTESSE.

P Visqu'enfin sur mes soins la Reine se repose,
Ie veux auec Acaste accommoder la chose ;
Diane rentrez donc, vous aussi Lidamant,
Ie sçay qu'ils vont parestre icy dans vn moment.

LIDAMANT.

Mon sort est en vos mains, genereuse Contesse.

LA CONTESSE.

Vous sçauez à quel point pour vous ie m'interesse.

DIANE.

Pour moy ie ne crains rien où vous estes pour nous.

LA CONTESSE.

Oüy, oüy, n'en doutez plus, Lidamant est à vous.

R

SCENE DOVZIESME.

ACASTE. TELAME. VALERE.
LA CONTESSE.

ACASTE.

Madame, les voicy.

TELAME.

Que me veut-on, Madame,
Me poußer iußqu'au bout?

LA CONTESSE.

Iugez en mieux, Telame.
La Reine vous appelle icy pour voßtre bien.

TELAME.

Si l'on m'oßte l'honneur, ie ne pretens plus rien.

LA CONTESSE.

L'Arreßt eßt prononcé, vous perdez la gageure.

TELAME.

Mais ß ie perds l'honneur, ßouffriray-je l'iniure?

LA CONTESSE.

Si l'honneur par l'hymen vous eſt icy rendu,
Vous gagnerez bien plus que vous n'auez perdu;
Enfin de Lidamant vous ſçauez la naiſſance,
Et ne pourriez pretendre à plus haute alliance.

TELAME.

Il a gagné ma ſœur par de mauuais moyens,
Qui me font reietter ſa naiſſance & ſes biens;
Il ne l'aura iamais.

LA CONTESSE.

La Reine le commande,
Et moy ie vous en prie, & ie vous la demande.

ACASTE.

Telame, il faut ceder, le ſort en eſt ietté.

VALERE.

Comme ie là luy cede encor de mon coſté.

LA CONTESSE.

Voulez-vous reſiſter aux ordres de la Reine.

TELAME.

Hé bien il faut ceder.

R ij

LA CONTESSE.

Viste qu'on les ameine.

SCENE DERNIERE.

LIDAMANT. DIANE. LISE. TELAME.
VALERE. ACASTE. TOMIRE.
PHILIPIN. LA CONTESSE.

LA CONTESSE.

T *Elame, embrassez-les.*

LIDAMANT.

Vous nous voyez soufmis.

TELAME.

Oüy, soyons, Lidamant, freres & bons amis,
La Reine le commande, & Madame l'ordonne.

DIANE.

Nous pardonnez-vous pas.

TELAME.

Oüy, oüy, ie vous pardonne,

Et puisque vostre honneur s'est si bien mesnagé,
I'ay plus heureusement que follement gagé.

LA CONTESSE.

Aprenez sur l'exemple & les soins de Telame,
Qu'il est tres-mal-aisé de garder vne femme.

TOMIRE.

Voicy nostre Escuyer, nostre feint Escossois,
Le fourbe?

TELAME.

Ha! vous voila, Monsieur de Fin-matois,
Si quelqu'vn fourbe mieux ie l'iray dire à Rome.

LA CONTESSE.

Il est vray qu'il a fait des traits de galand homme,
Et qu'il merite bien qu'on prenne soin de luy.

PHILIPIN.

Madame, enfin i'ay tout, puisque i'ay vostre appuy,
Et mesme s'il vous plaist ie possederay Lise,
Diane sçait fort bien qu'elle me l'a promise.

DIANE.

Mais comme tu n'as rien, elle n'a rien aussy.

PHILIPIN.

N'eſt-ce que ces deux riens qui vous met en ſoucy;
Elle m'a veu fourber, ie l'y voy diſpoſée,
Nous ferons donc enſemble vne maiſon aiſée.

LISE.

Oüy, car en certains temps les fourbes couſtent cher.

PHILIPIN.

Quiconque en a beſoin, qu'il nous vienne chercher.

LA CONTESSE.

Ie donne mil eſcus pour accomplir la Noſſe.

TELAME.

Moy, ie leur puis donner les ſix cheuaux d'Eſcoſſe.

LIDAMANT.

Ie leur donne pour moy les mille iacobus,
Et paye argent contant tous les gages de plus.

LISE.

Auec de ſi grands biens & ſi belle Eſcurie,
Tu peux te maintenir dans ta Cheualerie.

LIDAMANT.

S'il ne tient qu'à cela i'en fais mon Escuyer.

LISE.

Et tu m'aimes encor, comme tu m'aimois hyer?

PHILIPIN.

Oüy, i'ay pour les grandeurs l'ame assez moderée,
Qu'on quitte ce limestre, & qu'on soit mieux parée,
Qu'on change de jargon aussi bien que d'atour,
Et que l'on prenne l'air d'vne Dame de Cour;
Car si dés cette nuit la nopce est consommée,
Lise sera demain vne Dame damée.

FIN.

www.ingramcontent.com/pod-product-compliance
Lightning Source LLC
Chambersburg PA
CBHW070757280626
47162CB00016B/1489